CASANDO COM
George Clooney

AMY FERRIS

CASANDO COM
George Clooney

CONFISSÕES DE UMA MULHER EM CRISE DE MEIA-IDADE

Tradução
Carmen Fischer

Título original: *Marrying George Clooney*

Copyright © 2009, Amy Ferris

Publicado originalmente por Seal Press.

Copyright da edição brasileira © 2011, Editora Pensamento-Cultrix Ltda.

Todos os direitos reservados. Nenhuma parte deste livro pode ser reproduzida ou usada de qualquer forma ou por qualquer meio, eletrônico ou mecânico, inclusive fotocópias, gravações ou sistema de armazenamento em banco de dados, sem permissão por escrito, exceto nos casos de trechos curtos citados em resenhas críticas ou artigos de revistas.

A Editora Pensamento-Cultrix Ltda. não se responsabiliza por eventuais mudanças ocorridas nos endereços convencionais ou eletrônicos citados neste livro.

Coordenação editorial: Manoel Lauand

Capa e projeto gráfico: Gabriela Guenther

Editoração eletrônica: Estúdio Sambaqui

Dados Internacionais de Catalogação na Publicação (CIP)
(Câmara Brasileira do Livro, SP, Brasil)

Ferris, Amy Schor
   Casando com George Clooney : confissões de uma mulher em crise de meia-idade / Amy Ferris ; tradução Carmen Fischer. -- São Paulo : Seoman, 2011.

   Título original: Marrying George Clooney : confessions from a midlife crisis.
   ISBN 978-85-98903-31-6

   1. Menopausa - Humor I. Título.

11-08220   CDD-814.6

Índices para catálogo sistemático:
1. Menopausa : Tratamento humorístico   814.6

O primeiro número à esquerda indica a edição, ou reedição, desta obra. A primeira dezena à direita indica o ano em que esta edição, ou reedição, foi publicada.

Edição	Ano
1-2-3-4-5-6-7	11-12-13-14-15-16

Seoman é um selo editorial da Pensamento-Cultrix.
Direitos de tradução para o Brasil adquiridos com exclusividade pela
EDITORA PENSAMENTO-CULTRIX LTDA.
R. Dr. Mário Vicente, 368 – 04270-000 – São Paulo, SP
Fone: (11) 2066-9000 – Fax: (11) 2066-9008
E-mail: atendimento@pensamento-cultrix.com.br
http://www.pensamento-cultrix.com.br
que se reserva a propriedade literária desta tradução.
Foi feito o depósito legal.

*"Tudo que você precisa é
de um dólar e um sonho."*
- Frase de propaganda da Loteria do Estado de Nova York

*(Ao que eu acrescentaria uma e/ou duas ou três grandes
mulheres que acreditem em você.)*

Este livro é dedicado a:
JANE DYSTEL,
MIRIAM GODERICH
e
KRISTA LYONS

Prefácio

Estas são as minhas divagações,
Minha jornada,
Minhas impressões e experiências pessoais.
A visão da minha janela.

MINHA VIDA.

Meu marido me concedeu a graça de partilhar esta visão – a nossa visão. Atendendo a seus pedidos, eu não cito os nomes de alguns amigos. Outros concordaram e ficaram lisonjeados por terem seus nomes citados e alguns poucos tiveram seus nomes alterados. Mas, na maioria dos casos, não foram mencionados nomes.

Na vida real, é comum haver muitíssimos e diferentes pontos de vista. Quer dizer, quantas pessoas veem, na realidade, o mesmo quadro ou ouvem a mesma música e veem ou ouvem algo totalmente diferente?

Eu incentivo a todos e a cada um para que encontrem sua visão, a partir de sua própria janela, e que, por favor, a escrevam, contem sua experiência, expressem sua verdade.

Essas são as divagações que eu venho fazendo no meio da noite (quase exclusivamente).

Sumário

MEIA-IDADE 11
Introdução – MENOPAUSA. PARADA PARA REBOBINAR 13
Um – ENTRE O GOOGLE & O ZOLPIDEM 17
Dois – PAI MORTO 22
Três – SPAS 23
Quatro – SAPATOS TAMBÉM AMAM 25
Cinco – NEM CONTO NEM ROMANCE 28
Seis – MÃE, MAMÃE, MINHA MÃE BEA 31
Sete – MUITO OBRIGADA, QUERO QUE VOCÊ VÁ PRO INFERNO 37
Oito – CASANDO COM GEORGE CLOONEY 40
Nove – A REVISTA DE OPRAH, OUTRAS REVISTAS E, OH DEUS, QUANTAS REVISTAS 43
Dez – SEGREDOS GUARDADOS A SETE CHAVES 46
Onze – NOSSA SENHORA DO PERPÉTUO CONSUMO 51
Doze – TEMPO DE BOBEIRA 53
Treze – UM NOVO DEUS NO PEDAÇO 55
Quatorze – QUAL É, CARA? VÊ SE SE MANCA, E SE MANDA 59
Quinze – SEXO MARAVILHOSO 61
Dezesseis – NOITE PRA LÁ DE TENEBROSA.. 62
Dezessete – MA BELL – MAMÃE 65
Dezoito – LAVAÇÃO DE ROUPA PRA LÁ DE SUJA 68
Dezenove – EM PAZ EM MINHA BANHEIRA NO MEIO DA NOITE 73
Vinte – NADA COMO UM BOM BARRACO 74
Vinte e um – O EXPRESSO BIPOLAR 76
Vinte e dois – RAGTIME 79
Vinte e três – ÁREAS DE ACAMPAMENTO & TORNADOS 81
Vinte e quatro – APENAS PREOCUPADA (NEM DEMAIS NEM DE MENOS) .. 82
Vinte e cinco – ALÔ, ESCURIDÃO, MINHA VELHA AMIGA 85
Vinte e seis – COMO ELE CULTIVA *SEU* JARDIM 88
Vinte e sete – O GATO ENCAIXOTADO 91
Vinte e oito – UMA QUESTÃO DE VIDA OU MORTE 95

Vinte e nove – UM GIRO EM LOS ANGELES 97
Trinta – FILHA ÓRFÃ DE MÃE – BEA 100
Trinta e um – UMA NOVA GUINADA 105
Trinta e dois – EU AVANÇO O SINAL VERMELHO 107
Trinta e três – O PESO DA IDADE 110
Trinta e quatro – SIMPLESMENTE DIZER NÃO 113
Trinta e cinco – UM BELO CARTAZ DE FILME IMAGINÁRIO 116
Trinta e seis – A CIDADE NUA 118
Trinta e sete – KATHY 122
Trinta e oito – NOVE ANOS E MEIO 125
Trinta e nove – O CLUBE QUE ME ACEITA COMO SÓCIA 128
Quarenta – NOVAS GAROTAS NO PEDAÇO 131
Quarenta e um – NAS GARRAS DA CULPA 133
Quarenta e dois – RUÍDOS NOTURNOS 137
Quarenta e três – FORA DAQUI! 139
Quarenta e quatro – A MULHER QUE FUMAVA CIGARROS NEWPORT 143
Quarenta e cinco – O CANAL DAS (IM)PREVISÕES 147
Quarenta e seis – E AGORA? 150
Quarenta e sete – MAMÃE – O COMEÇO DO FIM 154
Quarenta e oito – BUDISTA DEVOTA E CHEIA DE BOAS INTENÇÕES 159
Quarenta e nove – CORRENTES E MAIS CORRENTES 162
Cinquenta – UM CASO PERDIDO 166
Cinquenta e um – ALÔ! ACORDA! 169
Cinquenta e dois – COMO EU CULTIVO O *MEU* JARDIM 172
Cinquenta e três – NÃO CONSIGO DORMIR 177
Cinquenta e quatro – QUERIDO PENICO (AMY) 180
Cinquenta e cinco – OH, O GRANDE DIA 187
Cinquenta e seis – UMA FANTÁSTICA IDEIA CULINÁRIA 195
Cinquenta e sete – LIGANDO OS PONTOS 198
Cinquenta e oito – LINHA DE CHEGADA 200
Cinquenta e nove – PÓS-ESCRITO (PÓS-MENOPAUSA) 203
EPÍLOGO – RELAÇÃO MÃE/FILHA – ACERTO DE CONTAS 207
AGRADECIMENTOS 253

Meia-idade

 Creio que se pode afirmar, com certa margem de segurança, que ela começa por volta dos quarenta, quarenta e cinco anos. EU TENHO CINQUENTA E QUATRO. Duvido seriamente que eu queira chegar viva aos cento e oito anos. Mas nunca se sabe. Alguém, em algum lugar, pode descobrir uma pílula milagrosa ou algum soro capaz de reverter o processo de envelhecimento. Mas, neste exato momento, eu espero ônibus num cruzamento, ou ser baleada por um estranho ensandecido enquanto espero na fila de uma agência dos correios ou numa manifestação pela paz.

Eu tenho esperança.

 Para algumas mulheres, a meia-idade equivale ao ninho vazio; seus filhos estão todos crescidos ou em crescimento, mas não precisam mais delas. Outras se veem sozinhas depois de anos de casamento ou parceria, divórcio, morte... e/ou separação não esperada. Outras ainda, como eu, não tiveram filhos e estão suportando a dor de ver o pai ou a mãe se perder bem diante de seus olhos devido à demência ou doença de Alzheimer. Minha amiga Amy chama isso de "mama-pausa". E, para algumas, esse é um momento de perda tripla: os filhos cresceram, os parceiros se foram e os pais estão simplesmente desaparecendo.

Portanto, parabéns a nós, MULHERES OUSADAS, AUDACIOSAS, FORTES, DESLUMBRANTES, TALENTOSAS E PODEROSAS, que estão provando que ter cinquenta anos e estar na meia-idade não é mais o fim da linha, mas uma estação na linha do metrô. Nós não apenas estamos nos reinventando – mas, na realidade, reinventando toda a maldita roda... e algumas, como eu, fazendo isso no meio da noite.

INTRODUÇÃO
Menopausa. Parada para rebobinar.

Imagine o seguinte cenário se quiser: Você está dentro do Túnel Holland ou Lincoln e, de repente, sem nenhum aviso prévio, todas as luzes se apagam, inclusive as de todos os faróis de todos os carros. VOCÊ NÃO TEM SAÍDA. Não pode seguir em frente nem voltar atrás. Está na mais absoluta escuridão. E você sabe, no fundo de suas entranhas, que os outros estão exatamente na mesma situação – mas ninguém, absolutamente nenhuma pessoa sai do carro. As portas estão trancadas. Os vidros fechados. Os cintos de segurança presos. Cada um sentado em seu assento, com o olhar voltado diretamente para a frente, esperando, esperando e esperando. Que--uma-luz-tremeluzente-surja-no-fim-do-túnel.

BEM-VINDA À MENOPAUSA.
Saída 36B da autoestrada chamada Vida.

Talvez essa seja uma ótima oportunidade para eu recordar alguns dos sintomas da jornada pessoal de minha menopausa. Essa jornada começou, a propósito, com um passo. Embora eu não me considere uma típica adepta de malhação, eu venho rodopiando quase sem parar nos últimos anos. Eu tenho andado *deprimida, ansiosa, esquecida, confusa, irada e ressentida, mas, sobretudo, irada*. Por alguns momentos, estou cheia de esperança e, no seguinte, inesperadamente, sou tomada exatamente pela mesma quantidade de desespero. Derramo lágrimas incontroláveis vindas de minhas entranhas e, das profundezas de minha alma, solto risadas. Muitas vezes, tenho vontade de jogar fora a minha vida, literalmente saltando de uma ponte. Tenho assistido a meu corpo duplicar seu tamanho enquanto durmo profundamente; aprendi a manipular e dar às "adoráveis gordurinhas" que surgiram em volta da minha cintura as mesmas formas animais que antigamente era capaz de criar com balões. Eu poderia continuar, mas acho que já deu para você ter uma ideia.

EM MEIO A ESSE NOVO INFERNO,
EU DECIDI DEIXAR DE FUMAR. Não tenho certeza se esse foi um ato de coragem ou simplesmente uma atitude autodestrutiva. Depois de ter passado trinta e dois anos fumando, eu quis parar de encher meus pulmões de alcatrão e nicotina, apesar de, ao mesmo tempo, estar à procura da ponte ideal para saltar. Por algum motivo, a "teoria da calcinha limpa" tomou a dianteira no controle de minha mente. Eu cheguei a ouvir de fato minha mãe (e acho que todas as mães) dizendo: "Não esqueça de andar com calcinha limpa para, no caso de sofrer um acidente, ter de ser levada às pressas para o hospital". Eu simplesmente troquei "calcinhas limpas" por "pulmões limpos". Vai que alguém me encontre com pulmões sujos depois de eu ter saltado de uma ponte.

Portanto, parei de fumar. Em grande parte, para a alegria de meu marido, para não mencionar a de meus amigos e familiares, eu decidi cortar aquilo que invariavelmente me impedia de vivenciar plenamente meus sentimentos. Toda vez que me sentia ansiosa, triste, deprimida, nervosa, amargurada, ressentida, medrosa e desesperada, eu acendia um cigarro e, quase instantaneamente, aqueles sentimentos se evaporavam. Bem, na verdade, eles não evaporavam, mas simplesmente eram empurrados para o nível subterrâneo da supressão, onde viveram e vicejaram por toda a minha vida adulta. Oh, mas eles teriam uma recompensa! Pela primeira vez, saberiam o que é sentir a luz do sol.

Assim, não bastava meus hormônios estarem empenhados numa dança selvagem, meus sentimentos rejeitados e suprimidos estavam agora disputando minha atenção.

ESTE É O PONTO DA HISTÓRIA EM QUE EU TENHO DE APRESENTAR O MEU MARIDO. Por favor, levante a mão quem de vocês já se transformou de um momento para outro numa bruxa malvada. Você sabe do que estou falando – no instante em que seu marido (ou esposa ou o que for) diz ou faz algo trivial, inócuo, algum comentário casual, e você, sem qualquer hesitação, reage queimando um buraco em seu coração com sua língua ferina. E, a partir desse momento, tudo começa a vir abaixo. A única palavra que me vem à mente para qualificar minha atitude é baixaria. A única palavra capaz de descrever a reação de meu marido é perplexidade, embora eu desconfie que, para um psiquiatra (não necessariamente um bom psiquiatra), Ken estivesse morrendo de medo de meu comportamento irracional e imprevisível e procurando manter-se o mais humanamente possível longe de mim.

Juntamente com ervas – black cohosh, peônia, maracujá – e uma esfregada com creme de progesterona duas vezes ao dia, eu decidi voltar às minhas sessões semanais de acupuntura. Kathleen, minha acupunturista, disse e eu repito: "Eu sinto uma profunda movimentação sísmica ocorrendo em seu interior, Amy."

Caramba! Em outras palavras, um terremoto de 10.5 graus bem na linha da falha geológica.

Quase todo mundo que me conhece sabe que sou budista praticante há quase trinta e cinco anos. Um dos mais importantes princípios do budismo é aceitar e respeitar a "totalidade" de nossas vidas. Não apenas algumas partes, as "boas" ou "agradáveis", mas cada polegada – da cabeça ao dedão do pé. O budismo também nos estimula e nos ensina a encontrar – por meio da determinação interior – o lado luminoso de tudo.

Para sua informação: Minha mãe não é budista.

Além do aumento de peso e da aflição mental, a insônia é ainda outro prato que acompanha o principal da menopausa.

Assim, no meio de uma noite em que não conseguia dormir, joguei uma moeda – cara, Zolpidem; coroa, Zolpidem – ocorreu-me que era hora de colocar em prática o que eu acredito profundamente: (A) ACEITAR E AMAR VERDADEIRAMENTE CADA PEDACINHO DE MIM MESMA – não apenas as partes boas, amáveis e generosas, mas também as partes más, desagradáveis e mentalmente instáveis; e (B) ENCONTRAR O LADO LUMINOSO DE TUDO. Minha mãe não sabia lidar com os meus sentimentos, querendo que eu os ignorasse, suprimisse e ocultasse, mas era obrigação e responsabilidade minhas reconhecer e honrar o privilégio de minha própria vida.

Todas as mulheres que eu conheço, sem exceção, passaram ou passarão pela experiência de profundo tumulto ou transtorno interno provocado pela menopausa. Ponto. Conheci mulheres extremamente equilibradas que tremeram horrorizadas diante do desafio imposto por uma mudança de tal magnitude. O aspecto positivo: A maioria das mulheres considera todo esse inferno a experiência mais profunda que lhes possibilitou o acesso a seus recursos internos mais profundos. Eu estou plenamente de acordo com isso.

E eis aqui o lado luminoso: A menopausa é exatamente como a moda. Algumas peças são realmente horrorosas.

BEM-VINDOS AO MEU MUNDO...

UM
Entre o Google & o Zolpidem

Foi assim que eu comecei com a metade de um comprimido de cinco miligramas e fui aumentando a dose até chegar a dois comprimidos inteiros de cinco miligramas. Ou seja, dez miligramas, e eu continuo me recusando a pedir a meu médico que me dê uma prescrição de dez miligramas, porque não quero que ele pense que estou totalmente apegada à ideia de não conseguir dormir sem tomar essa DROGA DE COMPRIMIDO COR-DE-ROSA QUE, *aliás, seria branco se eu estivesse tomando o de dez miligramas.* NADA *está ajudando.* NADA. *Eu acordo.* ARREGALO OS OLHOS. *E penso.* PENSO MAIS UM POUCO. *E tomo outra metade de um comprimido de cinco miligramas. A menopausa fez de mim uma mulher viciada. Meu maior medo é manifestar isso. Vou lhe dizer como é uma mulher viciada atravessando a menopausa às três horas da madrugada:* ELA PARECE O BEBÊ DE ROSEMARY VISTO DE DENTRO DO ÚTERO. *Eu me viro na cama; meu marido dorme profundamente,* roncando. Roncando em sono profundo. Apesar de me dizer naquela manhã – numa hora civilizada daquela manhã, como, digamos, nove horas – que ele também estivera em pé às três horas da madrugada e sabe o quê... isso não é verdade. Pelo menos não em minha casa, porque eu o teria visto em pé às três horas da madrugada se ele realmente tivesse acordado, porque eu estivera acordada. Ele gosta de competir comigo em coisas como essas. Querida, estou com uma dor de cabeça terrível. *Não, não, eu tenho um tumor no cérebro.* Meu bem, estou com diarreia. *Não, não, eu tenho câncer de intestino.* Certos casais competem para ver quem esquia melhor. Nós não. As nossas competições são em torno de sintomas físicos. Ele não está em pé às três horas da madrugada. Eu não ligo para o que ele diz, nem para quem ele diz. Ele não é uma mulher na menopausa. Mas eu sou. E VENÇO a competição. Fito o teto, me fazendo as perguntas mais importantes da vida: "Que tal um comprimidinho de Zolpidem?"

Vou lhe dizer o que as mulheres na menopausa fazem às três horas da madrugada: NÓS ENTRAMOS NO GOOGLE E PROCURAMOS POR ANTIGOS NAMORADOS.

Não importa que você seja uma lésbica feminista vivendo numa comunidade para soldadoras aposentadas em Vermont, você vai procurar no Google aquele antigo namorado às três horas da madrugada e ficar sentada diante de seu computador se perguntando como teria sido sua vida se tivesse se casado – e depois se separado – com aquele antigo namorado. E se isso não preenche suas necessidades afetivas, você começa a procurar no Google por lugares exóticos como, digamos, Belize, Tulum, Scranton... e então se imaginar indo para um desses lugares exóticos acompanhada de seu atual marido, mas na realidade indo atrás daquele seu antigo namorado, para encontrá-lo com sua esplendorosa esposa novinha em folha, modelo 2008 acabado de sair da esteira transportadora, que é de fato suficientemente jovem para poder ser sua filha ilegítima se você não tivesse feito aquele aborto em 1985. E, olhando para ela, você pensa: "Meu Deus, ela tem meus olhos!"

Eis o que eu faço às três horas da madrugada.

Claire me envia um e-mail dizendo que eu deveria substituir "soldadoras aposentadas" por "freiras". Claire tem uma obsessão por freiras. Não sei de onde ela a tirou. Tenho a impressão de que seja algo relacionado com espiritualidade, mas, para Claire, pode ser uma vendeta. Claire é uma mulher tremendamente sensual. Ela não faz ideia de quão profundamente sensual e impressionante e divertida – com suas risadas altas, seu brilho, esplendor e graça – ela é. COMO É QUE PODE ALGUÉM SIMPLESMENTE FICAR OLHANDO E DIZER "É MESMO?" QUANDO OUTRAS PESSOAS ELOGIAM O SEU BRILHANTISMO? Será por não acreditar realmente que as pessoas achem isso e queira fazê-las sofrer ou será por não acreditar que alguém possa vê-la dessa maneira, especialmente quando está transpirando profusamente por todos os poros porque um calor súbito decidiu subir pelo canal vaginal e forçar sua saída para fora. Cada célula pode agora se sentir hidratada. Talvez seja algo que você nunca pensou que pudesse acontecer no meio de uma sonhada noitada de sexo pra lá de romântica. Um jantar composto de seis iguarias regado a champanhe – tudo num cantinho aconchegante do restaurante Ouest, sentada ao lado do homem (ou da mulher) de seus sonhos – no meu caso, o meu marido. *Bem, querida, pense outra vez.* A MENOPAUSA NÃO FAZ DISTINÇÕES. *Eu gosto de considerar a minha crise de meia-idade como a pena máxima por nunca ter desejado realmente ter filhos.* Houve momentos, na verdade horas, em que eu desejei desesperadamente ter filhos – mas exatamente na mesma medida em que eu desejei ter filhos naqueles poucos minutos por ano, logo esse desejo desaparecia e era substituído pelas ofertas da liquidação semestral das lojas Barneys, quando todas as roupas eram vendidas com setenta por cento de desconto. Essa é a mais pura verdade de deus (com d minúsculo, porque sou budista). Filhos versus Barneys.

E essa é a recompensa. Você transpira, você tem coceira, se esfola de tanto coçar e quer arrancar chumaços de cabelo. "Não, não, eu estou bem, obrigada. Estou apenas triste, sim, tão triste que... perdi...a... liquidação da... da... da Me & Ro. Não consigo nem pensar direito."

É isso que acontece com as mulheres na menopausa. Mentimos com respeito a tudo. Cobrimos nossos traseiros que, a propósito, aumentam misteriosamente de tamanho durante a noite. Mais há também o lado positivo: Eu posso ser um balão no desfile do Dia de Ação de Graças – a outra personagem da Disney que parou de menstruar e todos os calhordas de seus amigos ratos a abandonaram. Você sabe de quem estou falando, daquela personagem suicida, a Rata Sylvia.

Meu marido quer saber por que eu fico procurando antigos namorados na Internet.

"São três horas da madrugada. Você dorme. A maioria daqueles caras, a propósito, já está... morta ." (É quando ele olha para mim de uma maneira estranha, quase esquisita, como se dissesse: "Morta? Oh, é mesmo?" Portanto, sigo em frente...) "Alguns são cristãos convertidos, evangélicos. (*Totalmente verdadeiro.*) David, ou Irmão Padre David, como ele é conhecido atualmente, é alguém com quem eu cresci, com quem fumei muitos baseados e comprei Quaaludes [droga] – é hoje evangélico; ele tem sua própria igreja. A propósito, ele passava todo santo dia sob efeito de maconha. Então, pelo que parece, ele encontrou deus, como a maioria das pessoas prestes a serem arrastadas para a prisão – elas caem de joelhos e suplicam aos céus: 'Jesus, me acolha! Eu posso ver você. Sou seu filho. Vou pregar sua palavra e arrecadar para você montanhas de dinheiro e comprar uma igreja assim enorme e reformá-la com muitas incrustações de ouro e pintá-la com todas as cores primárias e nunca jamais – juro por Jesus Cristo, meu Senhor e meu salvador – eu juro que jamais voltarei a fumar maconha.' E, oficialmente, David nunca foi meu namorado. Éramos apenas amigos. Posso ter dormido com ele. Mas dormir com alguém não era – nem é – a mesma coisa que namorar. E quando acabam os antigos namorados, você procura no Google pelos antigos amigos, antigos vizinhos – e, às vezes, quando procura ser realmente criativa, você os procura em ordem alfabética. E você faz às vezes uma descoberta surpreendente... que um dos caras... virou roqueiro, é bastante famoso, vive no norte da Califórnia e, pelo visto, – pasmem – é hoje totalmente surdo. Eu nunca teria sabido disso se não o tivesse procurado no Google às três horas da madrugada."

É o que eu digo ao meu marido, que a essa altura está se perguntando em voz alta quem ele poderia procurar no Google. Apontando para o computador, eu digo: "EU O DESAFIO – VÁ EM FRENTE, PROCURE POR ELA!" No mesmo instante em que eu faço tal ameaça dissimulada, ele fica aborrecido.

O que me leva a pensar, *que calhorda de velho amigo procuraria por mim no Google?* Que antigo namorado, hoje surdo ou morto? Tremo só de pensar nisso. E será que eles sabem que eu sou casada – sabem o meu nome de casada? E a mais importante questão do universo: E se a mesma pessoa, que eu estou procurando no Google, está procurando por mim no mesmo instante – se estamos ambos no Google nos procurando simultaneamente?

DOIS
Pai morto

Tem outra coisa que eu costumo fazer no meio da noite.

Falar com meu pai.

Só que ele não me responde.

É uma conversa totalmente unilateral.

Na qual o que eu mais faço é dizer/perguntar: "Pelo amor de Deus, por que você morreu?"

TRÊS
Spas

Spas por um dia.

Retiros de fim de semana.
Escapadas para lugares exóticos.
Costa Rica.
St. Moritz.
Vermont.
Maine.
Viena, Veneza, Roma, Verona.
Jamaica (caramba) e Austrália.

E o mais incrível, quase totalmente inesperado, ocorre quando você decide procurar informações online sobre um luxuoso hotel-spa cinco estrelas da cadeia Relais & Chateaux no sul da França: Às vezes, mas nem sempre, a recepcionista responde instantaneamente. É como se eu estivesse no Instant Messenger, só que você não espera que a Madame ou Mademoiselle Francine responda informando o preço total por dia/por pessoa do pacote de cinco ou sete dias de estadia no spa com todos os tratamentos, incluindo as lavagens intestinais de chá e café em lugar das refeições noturnas. O preço que inclui tudo – com a lista de todas as regalias – equivale ao salário de todo um ano. Em geral, eu respondo com um: "Oh, não, não estou procurando hotel – eu estava tentando encontrar o Albergue Villa Gallici, do tipo, você sabe, com banheiros de uso coletivo."

Então, eu me sinto humilhada e envergonhada. Por alguns dias, me abstenho de procurar outros retiros no Google. Temendo o que possam achar de mim. Um grande letreiro vermelho atravessado sobre meu nome: Impostora. *Sou uma caçadora de spa/hotel de luxo para retiro. Finjo fazer reservas, exatamente como fazia quando criança e ligava para os vizinhos perguntando se a geladeira deles* was runing*; e quando eles, entendendo que eu estava perguntando se a geladeira estava funcionando, diziam que sim, eu soltava uma risada e berrava: "Bem, então é melhor você correr para tentar pegá-la!". Para meu suplício, eu recebia, como castigo, ter de passar uma semana lendo. O privilégio de telefonar me era retirado. Quando lembro disso, o que mais me chama atenção não é o fato de eu fazer tais travessuras por telefone, mas quanto eu achava divertido mandá-los correr para pegar a geladeira!*

Isso me faz perguntar se o Google dispõe de algum mecanismo de "alarme" ou "policiamento".

EU PERGUNTO A MEU MARIDO: QUE TAL MUDAR NOSSOS NOMES E PASSAR A VIVER NO CANADÁ?

Ele diz que não.

---

*O verbo *to run* em inglês pode significar tanto funcionar como correr e fugir. (N.T.)

QUATRO
Sapatos também amam

Eu penso um bocado sobre "acasalamentos de sapatos" no período que vai das três da madrugada às cinco horas da tarde.

Os sapatos, como os prazeres das compras, são um dos meus tópicos preferidos, o tempo todo. Chamam a isso de mania. Eu adoro sapatos. Sempre adorei sapatos. E, na verdade, durante os primeiros anos de minha vida, eu achava que o nome de meu pai fosse Buster Brown [marca de sapatos]. Você pode imaginar quanto me senti arrasada quando descobri que seu nome era Sam?

A parte que eu mais gostava do retorno às aulas era voltar a usar os sapatos escolares. Na realidade, era a única coisa que me interessava na volta às aulas. Embora não me agradasse muito ter de amansar os sapatos novos, parecia-me um preço bem insignificante para ter um par novo de sapatos masculinos Weejun vermelho escuro de pontas arredondadas. Até hoje, quando fecho os olhos e inspiro, posso sentir o cheiro de seu couro. Mas o que quero dizer não tem nada a ver com sapatos de volta às aulas, nem com pares novos de Weejun, e faço melhor, portanto, indo diretamente ao que interessa.

E o que interessa é o acasalamento de sapatos. Muitas vezes, fico me perguntando se um sapato poderia escolher seu namorado ou sua namorada...

Se, por exemplo, você acha que realmente um par de sapatos pretos Florsheim masculino, digamos que do tamanho 11, teria coragem, ou colhões, para convidar para sair um par de sapatos femininos Manolo Blahniks? Ei, Florsheim, venha cá, Florsheim – isso seria colocado na categoria *"fantasia"*. No entanto, eu tenho certeza de que a relação formada por um par de sapatos Merrell masculino de tamanho 10 e um par de Bass feminino tamanho 9 ou qualquer estilo de Nike duraria por volta de dois ou dois anos e meio.

Um par de sapatos de couro amarelo envernizado de J. P. Tod com pespontos pretos, por outro lado, jamais olharia duas vezes para um par de Tevas, fosse de couro ou de tecido, especialmente acompanhado de um par de meias – embora eu possa imaginar, sob efeito de álcool o bastante, um encontro de uma só noite, e possa imaginar a ocorrência de algum tipo de coisa muito estranha. Tal encontro entraria na categoria de *"ordem restrita"*

E um par de Marc Jacobs não poderia jamais, não nesta vida, ser encontrado morto no mesmo lado da rua de algum par de Crocs, independente de ter um ou ambos os pés plantados firmemente sobre os pedais de uma moto Harley Sportster 883. O caso entraria na categoria de *"suicídio assistido"*. E um par de Christian Louboutins pretos envernizados de três polegadas e meia e ponta fina pode chamar a atenção de um par de botas de camurça Prada de cano alto em mais ou menos apenas três segundos.

Às vezes, é uma simples questão de atração à primeira vista – o tipo de atração que é comum ocorrer em elevadores de galerias ou em clubes de jazz enfumaçados. Nenhum nome nem número de telefone é trocado, mas o nome de deus é invocado mais vezes num breve período de tempo do que numa vida inteira de idas à igreja. Os saltos desses sapatos são substituídos e reparados muitas vezes devido ao excesso de viagens pela Europa. Eles são também invejados e comentados por trás de suas costas largas. Nunca se perguntou como ficaria a hifenação no caso de um par de Kenneth Cole se acasalar com um par de Cole Haan? Seria assim: Kenneth Cole-Haan. E esse entraria na categoria de "casal poderoso".

E se um par de botas Timberlad se acasalasse com um par de sapatos Rockport, eu imagino que eles iriam passar férias no Maine, muito provavelmente no Kennebunkport, e em algum momento de sua história, digamos que em mais ou menos oito anos, ocorreria um escândalo sexual. O caso entraria na categoria de "Esperança de ser presidente".

E não podemos esquecer de Thom McAn, porque a probabilidade é de que todos os outros esquecerão.

Tomo a liberdade de contar um caso de acasalamento que eu presenciei em meu próprio armário: *um par de sandálias de lantejoulas e salto alto, muito parecido com um par de sandálias Yves Saint Laurent, colocado bem ao lado de um par sólido, confortável, sensual e gasto de botas Frye. Dois pares de sapatos totalmente opostos, enérgicos e inteligentes. Com os dedões unidos.*

TAL UNIÃO PODERIA SER COLOCADA NA CATEGORIA DE "CONDIÇÃO DE IGUALDADE".

CINCO
Nem conto nem romance

Às vezes, quando realmente não consigo dormir, quando nada, ABSOLUTAMENTE NADA, *funciona de maneira alguma, eu fico curtindo (seriamente) a ideia de escrever um conto às três horas da madrugada.*

Eu levanto da cama, vou até o computador, que fica no meu quarto, e cheia de orgulho me aprumo diante dele.

E fico esperando por uma explosão de genialidade.

Esperando,
Esperando,
Até que...

Uma ideia. "Talvez eu devesse começar escrevendo outro romance." Pro inferno com o conto. Um romance parece grande e copioso e pode valer um "Pulitzer" – enquanto um conto parece... ah, não sei... minúsculo. Tudo bem, talvez não minúsculo – minúsculo não é a palavra certa. Quem sabe magrelo? Não, não... magrelo não. "Oh, era um livro tão... magrelo." Soa como algum problema de saúde, um pouco bulímico demais. Nesse exato momento, me vejo sentada diante da Comissão Julgadora formada pelos mestres da literatura: Steve Martin, Philip Roth, David Sedaris, Anna Quindlen e Calvin Trillin.

DAVID: Minúsculo?

AMY: Bem, não minúsculo em termos de tamanho, mas minúsculo em termos de...

DAVID: Desprovido de valor?

STEVE: Descuuuulpem-me, mas... *Shopgirl* fez um tremendo sucesso.

PHILIP: Adorei o filme [Garota da Vitrine], mas menosprezei o livro.

(*Todos os olhos voltados para Philip. Uma pausa significativa, então...*)

DAVID: Amor heterossexual vende.

PHILIP: Infidelidade heterossexual vende.

CALVIN: *Amor vende. Ponto final. O amor vende em todas as línguas.*

DAVID: Amor homossexual vende muito mais em livro com capa mole.

PHILIP: Hmmmm.

CALVIN: Hmmmm.

ANNA: Vende no exterior.

DAVID: Os direitos autorais?

ANNA (extremamente agitada): Qual é a de vocês, caras? Tratem de acordar. O mercado financeiro dos Estados Unidos está se desintegrando bem diante de nossos olhos, indo pelo ralo. Melhor transferir cada centavo de que dispõem para bancos estrangeiros. Vocês vão me agradecer por isso.

DAVID: Hmmmm.

CALVIN: Hmmmm.

STEVE: Papo furado. Arte. O negócio é investir em arte. Hockney, Brill, Giacometti, Warhol.

DAVID: Hmmmm.

AMY: Hmmmm.
DAVID: Terei de dar dez por cento a meu agente?
STEVE: Você dá dez por cento a seu agente?
CALVIN: Vocês têm agente?

Mercados exteriores.
Direitos vendidos para o exterior. Arte.

Amor heterossexual.
Infidelidade heterossexual.
Amor homossexual.

EU ESTOU EXAUSTA.

Não começo a escrever nenhum romance nem conto.

No entanto, penso na possibilidade de trabalhar como voluntária para a organização Women for Women International.

SEIS
Mãe, mamãe, minha mãe Bea
Flórida – Parte I

Passo o fim de semana do Dia das Mães na casa de minha mãe em Tamarac, na Flórida. Ela a chama de "mansão". Mas não é uma mansão, é um apartamento amplo, anexado a outro apartamento amplo, com exatamente a mesma disposição. Uma estratégia de venda – chamá-lo de "mansão" exerce certo fascínio místico. Eu prefiro chamar o lugar de Varizes Village. Nunca vi em minha vida tantos shoppings feios juntos numa mesma área, competindo para mostrar qual tem menos personalidade. Horrível. Lajes planas de concreto pintadas de cores monótonas, como de massa de vidraceiro ou verde hospitalar ou a minha cor preferida – rosa calaminado. Não é um lugar onde eu queira morar se algum dia decidir me aposentar. Dá para se aposentar de uma atividade como escrever? Simplesmente fechar o computador e dizer: "Muito bem, acabou." Ou largar a caneta dizendo: "Adeus, vou usar lápis de agora em diante!"

EU NÃO VOU ME RETIRAR PARA A FLÓRIDA.

É possível que eu vá para Aix-en-Provence, Belize, San Miguel, Costa Rica, mas definitivamente não para a Flórida.

Eu acordo às três horas da madrugada e, passando pela "sala especial para TV e outras tralhas", flagro minha mãe, pelo canto do olho, sentada ali naquele antro. Ela está totalmente vestida. Me sento ao lado dela no sofá. Continuamos em silêncio por alguns minutos antes de ela se virar para mim e dizer:

"Quando eles lá do céu deixarem, ele vai voltar para mim."

"Ele" é meu pai. Ele morreu alguns anos atrás. A razão me diz que ele não voltará para ela. A razão me diz que ele teria definitivamente voltado para ela se tivesse ido ao supermercado, ao campo de golfe ou à padaria. Ele teria ficado fora por mais ou menos uma hora ou, no máximo, uma hora e meia e, com certeza, sem nenhuma dúvida, teria voltado para ela. Ela sabe que ele morreu. Isso ela sabe.

Em algumas ocasiões, ela toma meu irmão por ele. "Eu quero me separar dele. Ele é malvado e eu quero me separar dele." Meu irmão passou a tomar conta das finanças de minha mãe – basicamente porque ela não faz ideia de que, quando saca dinheiro da conta bancária, tem de deduzir a quantia retirada ou, pelo menos, lembrar que fez o saque. Por um tempo, ela achou que alguém estivesse exaurindo sua conta e chegou à conclusão: "Estou sendo roubada." Ela esquece de fazer as subtrações. Por vezes, ela esquece que meu pai morreu e que a pessoa de quem ela está querendo se divorciar é seu filho.

Ela anda muito esquecida ultimamente. Ela não faz ideia de que a hora em que escurece no final do dia é chamada de noite. Ou entardecer. No início, ela sempre dizia: "Almoçar não é o mesmo que jantar, noite não é o mesmo que entardecer." Agora, ela não distingue mais a noite do dia, o almoço do jantar, nem o entardecer da noite.

Para ela, tudo fica indistinto.

Eu tenho uma fotografia de minha mãe na porta da geladeira. Ela foi tirada quando minha mãe tinha vinte e poucos anos e era recém-casada. Ela era absolutamente, incrivelmente linda. Parecia uma estrela de cinema. Era extremamente sensual, chocante, perigosa e, oh, meu deus... olhando para a cara dela, em seus olhos, você tem a certeza de que ela não queria ter filhos. Ela não queria cuidar de ninguém. Talvez eu possa ver em seus olhos o que provavelmente você não seria capaz de ver. É que talvez eu saiba demais e tenha ouvido demais e, por isso, quando a vejo nessas fotos em que ela é tão deslumbrante e tem uma presença tão imponente, eu veja o que ela realmente queria. Ela queria que alguém tomasse conta dela, sem ter de dar a mínima para o mundo. Ela não queria criar filhos, mudar para Long Island e viver num subúrbio onde todas as casas eram exatamente iguais. Ela sonhava com uma vida de artista. Naquela época, a maioria das mulheres enfiava seus sonhos numa gaveta, empurrava-os para o lado de outros sonhos, aspirações e peças de lingerie. Olho para a minha mãe naquela foto e vejo uma mulher... eu mesma. É verdade – eu vejo a mim mesma. Certos vislumbres pelo menos – de egoísmo, de medo e daquela chispa de raiva, de desejo de ser cuidada, de não querer cuidar de ninguém.
EU POSSO ME VER EM SEUS OLHOS, NAQUELA FOTOGRAFIA.

Em minha última viagem à Flórida, eu tive de dizer a ela que não tinha mais condições e não devia mais dirigir. Ela estava parada na porta de seu banheiro chorando. Sua licença para dirigir estava vencida. Fazia dez anos. O fato de ela não tê-la renovado me deixou espantada. Dez anos antes, ela parecia plenamente consciente. Ela jogava golfe e mah-jongg (jogo de origem chinesa), além de viajar e saber a diferença entre cartão de crédito e cartão de débito... e jamais deixava o leite azedar na geladeira. Nunca esquecia de deixar o ferro de passar o dia todo ligado. Nunca deixava que as flores murchassem num vaso de água suja, podre e fedida sobre o tampo de vidro da mesa de centro na sala de estar. Jamais ocorria de ela fazer xixi no piso e cobrir a boca horrorizada por não conseguir controlar nem a própria bexiga, quanto menos qualquer outra pessoa ou coisa. Naquela época, ela nunca seria capaz de dizer: "*Quando eles lá do céu deixarem, ele vai voltar para mim*", simplesmente porque ela não acreditava em céu. A gente ia ou para o inferno ou para o shopping. Com certeza absoluta, o céu não fazia parte dos lugares que a gente frequentava.

Ela tem ataques, explosões de raiva. Ela sempre foi um pouco raivosa. E eu, obviamente, sempre achei que ela fosse todo-poderosa. O que eu percebo agora, em minha sabedoria infinita, é que eu confundia suas intimidações, gritos e xingamentos... com poder. Quanto mais altos eram seus berros, mais poderosa eu acreditava que ela fosse. Atualmente, quando ela grita e berra e tem ataques de fúria, eu a vejo como uma mulher solitária e assustada que está enfrentando o último ato com muito ressentimento. O neurologista dela me diz que a maioria das pessoas em algum estágio de demência é tomada por muita raiva e irritação e reage impulsivamente. *Eu fico me perguntando se minha mãe não sofreu a vida toda de demência. Ela sempre foi uma versão do que é hoje.*

Eu não sinto nenhuma saudade da mãe que tive. Aquela era uma mulher egoísta, brutal, competitiva e rancorosa. Aquela era uma mulher extremamente indulgente consigo mesma. A mulher com quem eu falo hoje é muito mais AFÁVEL, GENTIL e FRÁGIL. Ela me vê com muita consideração. Quando liguei para dizer que ia visitá-la, ela disse: "Muito obrigada por ser tão boa para mim. É impossível dizer o que isso significa." Atualmente, ela precisa de mim. Nunca antes ela precisou de mim. Eu vivia tentando fazer com que ela me amasse de formas que provavelmente eram profundamente constrangedoras para ela.

Durante o tempo em que estou de visita, ela me confessou que não queria ter dois filhos. Em seguida, segurando a minha mão, ela diz que me ama.

Eu sei que ambas as confissões são verdadeiras.

"Quando eles lá do céu deixarem, ele vai voltar para mim."

Eu digo a ela que papai está morto. Que ele não vai mais voltar. Faço uma piada dizendo que não é como se ele estivesse passando um tempo na prisão e que em breve seria solto por bom comportamento. Ela ri.

Eu sempre adorei, independentemente de como estava nossa relação, a risada de minha mãe. Juntamente com seu olhar impressionante, foi o que eu sempre desejei herdar dela.

"Ele vai", ela diz com muita convicção, "voltar para mim. E eu estarei aqui" – arranhando o sofá com suas unhas de acrílico – "bem aqui esperando."

Eu assinto. Na verdade, me perguntando o que ela está querendo dizer. Ficamos sentadas em silêncio, eu com a cabeça em seu ombro.

Então, para minha grande surpresa, ela me pergunta o que eu faço no meio da noite. Por um momento, ela parece estar em seu juízo perfeito, plenamente consciente. Penso comigo mesma: "Se ela sabe que o problema é o meio da noite – isso é um bom sinal." Digo a ela que estou na menopausa.

"MENOPAUSA?", ela pergunta.

"SIM", EU RESPONDO.

"Mas você tem apenas doze anos."

Esta é a foto de minha mãe que tenho na porta de minha geladeira.

SETE
Muito obrigada, quero que você vá pro inferno,
ou melhor, que fique ardendo no fogo do inferno

Às vezes, no meio da noite, olhando para o teto porque estou cansada demais para levantar da cama PORQUE HÁ QUASE CINCO ANOS QUE NÃO DURMO UMA NOITE INTEIRA, eu fico pensando nas causas e organizações e lojas de departamentos para as quais eu gostaria de contribuir com dinheiro.

Vou listá-las aqui em ordem de preferência:
V-Day
Feminist.com
Women for Women International
Save Darfur
Safe Haven, Inc.
ASPCA
MoMA

CARE
Barneys New York
Bergdorf Goodman
Henri Bendel
The Omega Institute
NPR
Obama for America
Himalayan Institute
The Emerson Inn and Spa
New Age Health Spa
Amnesty International
NYWIFT (New York Women in Film & Television)
The Women's Media Center
Alcoholics Anonymous
Veterans for Veterinarians
Bowling for Dollars

E por último, mas não menos importante:

A LOTERIA DO ESTADO DE NOVA YORK
(porque tudo que você precisa é de um dólar e um sonho...)

Enquanto estou ali deitada na cama, fico pensando em participar da Força de Paz ou da Associação Habitat for Humanity (ou da organização ambientalista fundada após a tragédia do furacão Katrina, dirigida por Brad Pitt, porque.... bem, por que não?), *onde eu poderia usar minha fantástica capacidade de comunicação, quer dizer, de gritar com meu marido por não limpar o que suja,* para criar um ambiente um pouco menos entulhado e mais pacífico, por exemplo, na Malásia pós-tsunami. Eu sei quanto os meus gritos são capazes de levar meu querido, doce, amável, bom e generoso marido a desatravancar seu escritório.

ELE RESPONDE APONTANDO-ME UM DEDO. E eu respondo então apontando-lhe um dedo. E nós ficamos nessa por mais ou menos dez, quinze minutos. Mas como ambos sofremos de artrite, nossos dedos ficam contorcidos e nossas mãos retorcidas, e nenhum de nós é capaz, por uma semana, de limpar o que suja. Meu marido diz que é esse o verdadeiro significado de "profecia autorrealizável".

E é aí, meus amigos, que eu entro com a parte *"que fique ardendo no fogo do inferno"* do título deste capítulo.

OITO

Casando com George Clooney

Por favor, levante a mão quem nunca teve a fantasia de se casar com George Clooney.

Eu fiz uma enquete particular com muitas de minhas amigas estranhamente perturbadas e desequilibradas, que se pegam muitas vezes dançando ou, em alguns casos, balançando ao som do próprio iPod no meio da noite.

Cada uma delas, sejamos honestas para com deus, tem uma fantasia semelhante. Vou contar como é a minha.

Debatendo-me na cama, mais uma vez...mais outra... e assim pela noite adentro.

VOCÊ ACABA ESCORREGANDO DA CAMA E QUANDO SE DÁ CONTA ESTÁ NO BANHEIRO DIANTE DO ESPELHO DAS VAIDADES: as pálpebras inchadas e caídas, juntamente com as bochechas sempre tão afundadas – e você consegue entender no nível celular como a Faye Dunaway conseguia se transformar numa truta radioativa, ou seja, numa mulher burra, feia e mal-humorada. TUDO COMEÇA PELOS OLHOS. Vamos puxá-los e empurrá-los de leve (*acrescentando o glamour da fita adesiva Scotch*) para que não fiquem mais parecendo estar no meio da cara. PASSEMOS PARA O NARIZ, que já foi um dia tão perfeito e reto, e tratemos de expandir as narinas para que elas possam abrigar alimentos enlatados em caso de um derretimento nuclear. E AGORA PARA OS LÁBIOS – é uma verdadeira tragédia quando a boca começa a tomar a forma e o contorno de uma estrada de seis pistas. Por que, oh, por que as mulheres fazem isso consigo mesmas? Realmente, qual é o sentido disso? Porque queremos ser contratadas para o papel de mocinha inocente, sensual e ardente. *Ei, eu tenho uma novidade para vocês – nós somos mulheres sensuais e ardentes, mas estamos deixando que o botox nos transforme em bonecas totalmente inexpressivas. Quer dizer – o que há de realmente tão sensual numa testa brilhante que parece se mover apenas quando você dá um tranco no braço?*

Voltemos à minha fantasia.

EU VOU A UM BAR.

Nele se encontram dispersos alguns fregueses. Em sua maioria, caindo de bêbados, resmungando, cambaleando e mijando nas calças. Eu peço uma bebida, assim diretamente, mais especificamente um suco de oxicoco com uma rodela de limão. Eu deixo o tamborete e vou rebolando até a vitrola automática. Coloco para tocar Laura Nyro e Rickie Lee Jones. Pelo menos por uma vez, eu quero ouvir mulheres falando de rejeição, dor de cotovelo, amor não correspondido e aborto, e de caras com nome Chuck E., que, sim, sofrem por amor.

É então que ele entra no bar.

Ele acomoda-se confortavelmente nos fundos do bar. Pede uma cerveja. Mexe nervosamente em seu iPhone preto reluzente e novinho em folha. Ele olha para mim. Eu olho para ele. Ele olha de novo para mim. Eu digo "Ei... quer o número de meu telefone?" em perfeito italiano. Ele olha para mim com seu típico jeito Clooney, erguendo as sobrancelhas e baixando os olhos... um sorriso malicioso... ele assente. Então, ele me empurra o iPhone com tanta graça – que vem parar bem diante de mim. Eu aperto um a um os dez dígitos de meu número e com um sorriso e uma piscadela o faço deslizar de volta para ele.

"*Ei*", ele diz, "*você tem três setes em seu número. Isso é sorte.*"

"*Pois é*", eu digo. "*Sim, essa sou eu, uma mulher de muita, muita sorte.*"

NOVE MESES DEPOIS DAQUELE DIA EU DOU À LUZ NOSSA PRIMEIRA FILHA, A QUEM EU DOU O NOME DE DOLORES CLAIRBONE CLOONEY. Ela morre três dias depois em circunstâncias misteriosas. Então, eu entro em coma. E permaneço em estado vegetativo por oito anos. As únicas pessoas que parecem me visitar regularmente são Robert e Mary Schindler, os pais de Terri Schiavo, que requerem a minha adoção. Eu me lembro vagamente de ter ouvido alguém – possivelmente uma enfermeira ou auxiliar de enfermagem – dizer que George expressou sua gratidão a mim numa cerimônia do Oscar. Ele não mencionou meu nome, mas referiu-se a mim como "*sua garota em coma*".

Boy George lança um disco simples naquele mesmo ano, "*Coma, Coma, Coma, Coma Girl*", e faz um tremendo sucesso em seu retorno pós-prisão.

Eu acabo aparecendo na capa da revista *Time*, como a "Personalidade Vegetativa do Ano".

Eu saio do coma; George e eu inevitavelmente nos divorciamos.

Amigavelmente. Eu abro um restaurante de comida rápida vegetariana, chamado Vegetative Taste, que permite a entrada apenas de carros híbridos. Ele vira uma rede de lojas franqueadas e eu sou laureada com o Prêmio Nobel.

EU SOU CHOCALHADA PELO ALARME DO DESPERTADOR.

Meu marido, ao despertar, vira-se para mim e pergunta: "Qual é o problema com a fita adesiva Scotch?"

Ele não consegue lidar com a minha vida fantasiosa com George.

NOVE

A revista de Oprah, outras revistas e, oh deus, quantas revistas...

Quando não consigo dormir, eu leio revistas.

(Pra seu governo, eu costumo manter uma pilha de revistas embaixo da mesinha de cabeceira, algumas são de 1990, 1991 e 1992. Tem mais gente morta embaixo de minha mesinha de cabeceira do que no cemitério Montefiore.)

Vanity Fair, Travel & Leisure, Body & Soul, Good Housekeeping, Town & Country, Yoga International, Gourmet, New York Magazine, The New

Yorker, People, Us, Elle, Star, Vogue, Harper's, Glamour, More, Departures, Time, Newsweek, Entertainment Weekly, Rolling Stone, Playboy (pelas entrevistas), *Ms., Mother Jones, National Geographic* (pelas fotos), *Martha Stewart Living, Simple Living, Country Living, Incarcerated Living, Urban Living, Suburban Living, Just Plain Living, Mountain Living, Living Buddhism, The Art of Living, Shambala, Tricycle, Utne, A Dog's Life, A Man's Life, Women and Co., Esquire, Architectural Digest, Readers Digest, Digestion & Colon Cleansing, Women in Film, Men in Film, Teenagers Who Want to Be in Film, Film Journal, Writert's Journal, Journey into the Unknown, Mademoiselle, Money, Forbes, Fortune, SpaFinder, Relevant Times, Irrelevant Times, TV Guide...* e a mãe de todas as revistas:

O MAGAZINE (a revista de Oprah).

E por que exatamente estou dando a ela essa distinção – a mãe de todas as revistas? Será por eu gostar realmente tanto da revista a ponto de ela surpreender a minha criança interior, por me fazer sentir segura e aconchegada quando a leio ou simplesmente a folheio? Será que ela é realmente a minha cara? Ou será por eu ter receio de dizer que ela não é nem mesmo tão boa quanto, digamos, a *Vanity Fair* ou a *New Yorker* ou até mesmo a *Bitch*, que, a meu ver, tem coisas altamente inteligentes e relevantes, para não mencionar a excelente seleção de filmes, livros e críticas maravilhosas?

Talvez a verdade verdadeira seja que eu tenha medo de Oprah. Talvez eu tenha tanto medo de Oprah que não ouse dizer a verdade por receio de não cair nas graças do Oprah Book Club.

Ou talvez... apenas talvez...

Eu realmente adore a revista e simplesmente tenha receio de admitir isso abertamente para todas as minhas amigas que a consideram metida à besta e redundante e detestam o fato de Oprah aparecer em sua capa todo santo mês, além de realmente não gostarem de nenhuma de suas escolhas, especialmente os lenços de caxemira que custam os olhos da cara e deixam todas nós querendo saber quem além da própria Oprah pode ser dar o luxo de usá-los.

UM CONFLITO que talvez Martha Beck possa me ajudar a resolver.

DEZ
Segredos guardados a sete chaves

Sentimentos de medo, culpa, pânico e ansiedade não apenas me assaltam no meio da noite, mas também se apossam de mim, de cada pedacinho de mim.

Sou muitas vezes despertada por chocalhadas não de pensamentos agradáveis, felizes e contentes, mas de sentimentos de danação, desespero, ameaça, terror e... vergonha.

Como em: *"Oh, por deus, o que estávamos pensando?"*

SEGREDOS.

Aqueles que guardamos. Aqueles que revelamos. E a esperança – aquela esperança do tipo que nos faz ajoelhar e pedir ao todo-poderoso – para que os segredos realmente tenebrosos, horríveis, aqueles de fechar os olhos e querer que sejam afastados, jamais vejam a luz do dia.

"Não importa quem você seja, nem onde você vive, todo mundo tem uma gaveta, ou quem sabe até duas, trancadas a sete chaves, entulhadas de segredos e tralhas."
Essa citação eu tirei de minha mãe.

Meu marido, meu marido MTGA (*maravilhoso, talentoso, generoso e amável*), tem uma enorme, pesada, nojenta, imunda e medonha gaveta entulhada de tralhas. Algumas pessoas dos séculos XII e XIII provavelmente a chamariam de masmorra. Outras, do final do século XVIII e início do século XIX, a chamariam mais que provavelmente de câmara de tortura, MAS HOJE, NO SÉCULO VINTE E UM, AQUI NOS ESTADOS UNIDOS, A MAIORIA DAS PESSOAS A CHAMARIA DE "PORÃO". E agora, por quase quinze anos, nós - meu marido e eu, uma vez que, por sermos casados, pertencemos à categoria de "cúmplices" – conseguimos manter aquele quarto secreto em legítima boa-fé.

É mais ou menos como um louco psicopata e homicida que consegue ter no porão "uma vida secreta", escondido da mãe, com quem aos quarenta e dois anos ele continua vivendo, tudo enquanto ela fica sentada na sala de estar do andar de cima assistindo a *sitcoms*, soltando gargalhadas e expressando em voz alta – a quem quer que encontre – o desejo de que seu filho morasse em seu próprio apartamento, tendo como vizinhos Will e Grace e Jack.

Em dias úmidos e chuvosos, eu imagino suas conversas se desenrolando mais ou menos assim:

"Querido, que cheiro é esse que está vindo do porão?"

"QUE CHEIRO, MAMÃE?"

"Você não está sentindo nenhum cheiro, querido?"

"VOCÊ ESTÁ SE REFERINDO AO MOFO? É QUE CHOVEU MUITO NOS ÚLTIMOS DIAS, MAMÃE."

"Oh, sim, é claro. Mofo. Que idiota que eu sou!"

Mas afinal não é mofo. E, em um dia fatídico (porque ele está cansado *demais* de guardar o segredo "mais que terrível"), ele é pego. Que choque horrível deve ter sido para a senhora sua mãe.

E exatamente como para aquela mãe e filho, o dia fatídico também chegou para nós. Apenas um poder maior, uma tremenda tempestade de neve, foi capaz de fazer Ken erguer os braços para o alto e dizer: "Alguém tem de entrar em nossa casa, ir até o porão e tomar providências para que os canos não congelem." Eu me pergunto: que cara eu devo ter feito, assim toda contorcida? Eu só consigo imaginar como uma mulher que é viciada em crack e sofre de hipotireoidismo.

NÃO É POSSÍVEL EU DESCREVER O PORÃO PARA VOCÊ.

Independente de como eu descrevesse "o porão", pode acreditar, não faria justiça a ele. Posso dizer que ele é uma combinação dos irmãos Collyer e o inferno, mas não tão entulhado. Eu poderia dizer que ele é um cruzamento entre o sistema metroviário de Nova York e um estúdio de van Gogh depois de ele ter cortado sua orelha, mas não tão escuro, abafado e vermelho. Eu poderia descrevê-lo como uma mistura dos danos do furacão Katrina e de um tsunami, mas não seria ético ou moral. Vamos simplesmente dizer, para efeito de argumentação, que ele é abominável.

No dicionário, o *ENCARTA WORLD ENGLISH DICTIONARY*, a palavra "vile" (abominável), enquanto adjetivo, é definida como *"algo que causa nojo e repugnância; algo muito daninho ou vergonhoso; algo que provoca uma experiência extremamente desagradável."* E é exatamente o que é o nosso porão.

Eu perguntei ao meu marido MTGA quem ele achava que devíamos chamar.

"ALAN E JULIE".

Oh, meu deus!

"Alan e Julie? Você pirou? Por que não chamar aquele sujeito lá da estrada, aquele que é cego e tem cabelo ruim – por que não chamá-lo?"

"ELE NÃO É NOSSO AMIGO E, ALÉM DISSO, NÃO O QUERO DENTRO DE NOSSA CASA."

"Você prefere UM AMIGO em nosso porão?"

Nós tomamos uma tremenda bebedeira com Alan e Julie; vomitamos comida um diante do outro – meu marido vomitou no banheiro deles depois de ficar tão bêbado e nauseado que até hoje não lembra do que fez. Nós consolamos um ao outro, rimos juntos um do outro, passamos meses sem falar e, então, como a maioria das pessoas que tem uma ligação indescritível, recomeçamos exatamente onde tínhamos parado, fantasiamos uma viagem juntos a Paris, mas chegamos à conclusão de que não queríamos que os franceses passassem a odiar ainda mais os americanos do que já odiavam. Chegamos até a compartilhar segredos farmacêuticos. E Julie foi a primeira pessoa – mesmo antes de Ken – a quem eu dei a primeira cópia recém-saída da gráfica de meu romance. Enquanto jantávamos no restaurante Four Seasons, eu dei a ela meu brilhante novo livro publicado pela Houghton Mifflin – nós duas soltamos gritinhos histéricos – e então pedimos bebidas espumantes até ficarmos totalmente embriagadas. Mas por nada deste mundo eu permitiria que ela entrasse em nossa masmorra.

"Por favor, Ken, pelo amor de deus, não podemos simplesmente pedir ao homem cego que venha até aqui?"

"EU VOU CHAMAR ALAN E JULIE."

"Chame o maldito cego."

"ALAN E JULIE."

"O cego."

"ALAN E JULIE."

"O cego."

"ALAN E JULIE."

"O cego, o cego, o cego. Por favor, por favor, por favor..."

E exatamente quando parecia que estávamos empatados, eu lancei mão do que pode parecer um último recurso: *"Eu prometo recompensar você com sexo oral todos os dias durante um ano inteiro."*

E então reinou um silêncio de morte pelo tempo que pareceu durar alguns dias, até que: "NÃO, VOCÊ NÃO VAI. POR QUE ESTÁ DIZENDO ESSA MENTIRA? QUER SABER, POR TER ACABADO DE DIZER ESSA MENTIRA, SERÁ VOCÊ QUEM VAI TELEFONAR PARA ALAN E JULIE."

Ken me passou o telefone. Foi com muita vergonha que eu liguei para Alan e Julie. Por sorte foi a secretária eletrônica que atendeu imediatamente. Deixei uma mensagem, dizendo que era urgente – estávamos fora da cidade e preocupados, extremamente preocupados com a possibilidade de o encanamento congelar e que eles, por favor, fossem lá dar uma olhada, e que eu entenderia perfeitamente se eles, depois de verem o nosso porão, não quisessem ter mais nada a ver conosco.

Portanto, eu me sobressaltei no meio da noite: *"Oh, meu deus, o que estávamos pensando?"* Não conseguia voltar a pegar no sono. Estava atormentada. Aquele grande e terrível segredo estava a ponto de ser revelado. Meu marido, o Senhor Oh Sim, Eu Levanto no Meio da Noite, dormia profundamente. Ele não dava a mínima para o fato de estarmos prestes a perder nossos amigos por causa de sua tralha. Na opinião dele, tudo o que precisávamos era de uma vassoura nova e uma rápida varrição; na minha opinião, precisávamos de uma droga de um maçarico de mão e de um batalhão de limpeza de lixo tóxico, com trajes de proteção e tudo mais. E gostaria também de deixar registrado que, no percurso da menopausa, não existem montículos, mas apenas montanhas para atravessar.

Naquela manhã, Alan nos telefonou – ele e Julie estavam viajando de férias, mas o sujeito que estava tomando conta da casa deles ia o mais rápido possível dar uma passada em nossa casa quando fosse para a casa deles para dar uma olhada em nosso encanamento.

Eu suponho que é a isso que chamam de "livrar a cara".

O cego disse que nosso encanamento não congelou.

E alguém, cujo nome começa com a letra K, não terá sexo oral todos os dias durante um ano inteiro. Eu o aconselho a curtir seu "desprazer".

ONZE

Nossa senhora do perpétuo consumo

É realmente uma loucura inacreditável o que se pode comprar pela Internet no meio da noite. Tudo, desde hidratantes (tanto faciais como vaginais) a iates (tanto enormes como miniaturas), elogios fúnebres personalizados, folículo capilar de algum cara do Minnesota que está vendendo todas as suas porcarias pessoais (obviamente) no eBay. É realmente incrível, se você faz uma pausa para pensar. Não precisamos nem sair de casa, a não ser é claro se temos de trabalhar para viver, mas até isso é discutível nos dias de hoje, especialmente com o recurso do Skype. Você pode fazer de conta que está no trabalho, ou no escritório, ou mesmo preso num trem subterrâneo, mas na realidade... *surpresa!*... você está em casa, deitado em sua cama, sentado em seu sofá, relaxando em seu roupão, disfarçando para todo mundo que está de camisa social e gravata, ou usando um conjunto de moletom e pérolas e... calças de pijama.

Existem sites, eu não estou brincando, em que você pode ter sapatos feitos por um sapateiro virtual. Eles são de todos os tipos, cores, saltos e estilos, desde Mary Jones a sapatilhas de balé e tamancos.

Eles ajudam você a desenhar, criar e confeccionar um perfeito par de sapatos, de cujo processo de desenho, criação e confecção você participa inteiramente. Você envia as medidas exatas de cada pé. Talvez um pé seja maior e mais largo do que o outro. Isso não é impossível. Afinal, nas palavras de Pema Chödron, "Imperfeição é Perfeição". Portanto, toda imperfeição, todo pé grande, todo pé chato pequeno, cada galo e cada calo será medido de maneira tão precisa para que possa encaixar a sola interna e o revestimento de couro até o dedo mínimo (ou dedões) do pé. Costura dupla em pespontos minúsculos, em múltiplas camadas de couro (*ou outro material se você é ecologista*) em cores diversas, sem mencionar os saltos que vão de seis a duas polegadas – de duas polegadas a planos, de pontas arredondadas a bicos finos, de botas até os joelhos e de sandálias até coturnos militares, de sandálias romanas a sapatos atados com cordão, de botas de cano alto a botas que incluem sutiã e calcinhas de couro.

Eu passo adiante esse site para todos os meus amigos loucos por sapatos e, no espaço para indicar o assunto, eu escrevo: "Olha aí! Podemos criar nossos próprios sapatos!!!!"

E eu odeio ter de admitir, mas a maioria de meus amigos loucos por sapatos – que não são poucos – acha isso uma total perda de tempo. Com exceção de um, que adora couro, nenhum outro viu qualquer atrativo nessa invenção.

Para mim, é um tremendo milagre.

DOZE

Tempo de bobeira

PASSA TANTA BESTEIRA NA TELEVISÃO – MEU MARIDO CHAMA OS "SITCOMS", AQUELES SERIADOS PRETENSAMENTE CÔMICOS, DE "SHITCOMS". Enquanto estou ali estirada, mas desperta, não posso deixar de imaginar e tramar, em minha própria mente, um monte de seriados cômicos engraçados de meia hora e/ou um seriado dramático e ousado de uma hora, ou uma combinação de ambos ao mesmo tempo, que inauguraria um novo gênero que ficaria conhecido como *dramédia.*

Eis uma amostra de alguns de meus seriados fantásticos merecedores do Emmy:

DIAS COR-DE-ROSA

Um seriado para TV, uma dramédia de meia hora (*triste, picante, capaz de provocar risadas*) situada numa comunidade isolada de gays em Key West, na Flórida. Duas policiais aposentadas, que se conheceram durante uma operação de apreensão de drogas no Lower East Side, são as mandonas do pedaço. E, é claro, elas formam um casal. Uma mistura de *Desperate Housewives* [Donas de Casa Desesperadas] e a série *Cogney & Lacey*.

NÃO COMIGO

Uma comédia de meia hora sobre um casal, juntos há dezoito maravilhosos anos, que acaba descobrindo – pelo noticiário do início da noite – que o sacerdote oficiante de seu matrimônio era um perfeito e absoluto impostor. E que, portanto... eles nunca foram legalmente casados. E nós assistimos a esse "maravilhoso, perfeito" casamento desmoronar bem diante de nossos olhos. Uma mistura de Rashomon [filme de Kurosawa] e *Everybody Loves Raymond* [Raymond e Companhia].

PROCURA-SE UM DONO

Um seriado animado (ou, se no [canal] Bravo, um seriado da vida real) sobre um maravilhoso cachorro, Henry, cuja dona rica e amorosa, a Sra. Myra Glindenfestamin, da rede de supermercados Glindenfestamin, morre, deixando uma fortuna de herança para Henry. Ele começa a procurar outra pessoa para amá-lo e tomar conta dele, através e no jornal local – e é incrível como as pessoas começam a se revelar. É surpreendente o que as pessoas são capazes de fazer por dinheiro.

TETAS OUSADAS

No HBO ou Showtime (ou no AMC, que está em alta atualmente). Um seriado dramático com episódios de meia hora: ousado, mordaz, sórdido e obsceno, violento e sensual. Mulheres em luta de boxe. *"Man-olo versus Man-olo"*. Jennifer Lopez é a produtora executiva.

QUEIXAS DE ANIMAIS

Um animado seriado humorístico: ANIMAIS EM TERAPIA DE GRUPO. O primeiro episódio da série é chamado "De Ratos e Homens". Mensagem: *Lítio – uma nova forma de manter a vida sob controle*.

TREZE

Um novo Deus no pedaço
Mamãe – Parte 2

Minha mãe é judia, o que explica num nível não muito profundo por que, quando eu acordo no meio da noite, sou assaltada por medos, dúvidas, culpas e vergonhas. E é claro que, como budista, estou decidida a transformar toda essa negatividade em... DINHEIRO VIVO.

Ultimamente, minha mãe anda falando com Jesus no meio da noite. Ela tem uma "foto" dele num porta-retratos laminado sobre sua mesinha de cabeceira – sem nenhuma razão aparentemente explicável – e se ajoelha para reverenciá-lo. Ela me diz que ama Jesus. Eu pergunto se foi por Jesus que ela se tornou judia. Ela balança a cabeça: "Não, é claro que não. Mas eu amo Jesus."

Eu estou de visita a ela numa comunidade "ASSISTENCIAL" com "CUIDADOS ESPECIAIS" para adultos no Novo México, para onde recentemente nós a mudamos da Flórida. Meu irmão mora a mais ou menos quinze minutos dali. Esse é tanto um elemento positivo como negativo. Positivo para ela; e extremamente negativo para ele. Neste exato momento, ela está totalmente metida em algo que chamam de "MODO DE VIDA INDEPENDENTE". Todas as manhãs e todas as noites, uma "PROVEDORA DE BEM-ESTAR" (antigamente chamada de enfermeira) entra, dá a ela todos os seus comprimidos, pinga gotas em seus olhos, toma sua pressão sanguínea, examina seu cobreiro – aplicando um creme que alivia a dor e a queimadura que ele provoca – e, de vez em quando, desce com ela até a sala de jantar, onde encontra alguém sentado sozinho (*e especialmente se for alguém com H maiúsculo*) a quem ela fará companhia. Minha mãe não é muito dada a tomar iniciativa. Ela prefere que os outros a tomem, para ela então poder recusar. Ela é tão teimosa e do contra como o dia é longo.

PARA SUA INFORMAÇÃO, MINHA MÃE E MEUS PARENTES NÃO SÃO PESSOAS RELIGIOSAS. Ocasionalmente, éramos judeus, ou seja, frequentávamos ocasionalmente a sinagoga em determinados feriados religiosos judaicos, participávamos das cerimônias de bar ou bat mitzvah e íamos ocasionalmente aos tristes funerais. *Mas não acendíamos velas nas noites de sexta-feira nem mudávamos a porcelana e utensílios de prata para os rituais do kosher.* E quando minha mãe dizia (com muita frequência) que deus ia nos castigar, na verdade ela estava se referindo ao meu pai.

Desde que meu pai morreu, minha mãe vem tentando "ENCONTRÁ-LO". A morte dele foi súbita e inesperada. Olhando para ela, é possível ver uma mulher extremamente atormentada ante seu "DESAPARECIMENTO", como ela costuma dizer.

Eu estou acomodada no quarto de hóspedes, bem ao lado do quarto dela. Quando eu acordo no meio da noite por causa das ondas súbitas de calor (minha mãe mantém o apartamento numa temperatura de 30 °C), eu a ouço falando com Jesus:

"*Você parece ser um cara tão bom e amável. Você é tão jovem e bonito – um pouco desgrenhado, mas muito amável. Eu aprecio a sua amabilidade – e gosto de ver você fazer frequentemente gestos com as mãos quando fala, você parece ser muito inteligente e fico me perguntando se você viu o meu Sam lá em cima no céu.* Sam é meu marido e eu acho que ele precisa voltar para casa agora; provavelmente, ele está um pouco confuso – não esperava deixar a Flórida, eu acho que talvez tenha ocorrido algum equívoco. Talvez fosse para você tirar de nós o sujeito que vivia lá embaixo na estrada – esqueci o nome dele, Manny ou Morrie... depois eu volto a lembrar – ele era muito velho e não conseguia mais andar, usava um andador, e tinha uma queimadura muito feia num lado da cabeça, ele era muito mais frágil, *de maneira que talvez você tenha se equivocado, levando o meu Sam em lugar daquele sujeito,* de quem não lembro o nome. Ele parece pronto. Por isso, talvez você possa trazer meu marido de volta para casa e você pode ficar em nosso quarto de hóspedes – temos um ótimo quarto para você. Ele tem um aparelho de televisão, não é muito grande, mas como tem controle remoto, você pode assistir aos programas deitado na cama e ficar mudando à vontade de canal. Acho, mas não tenho certeza, que tem até um canal espanhol. Você pode ver as notícias o dia todo e saber o que está acontecendo em todo o mundo. POR FAVOR, TRAGA SAM DE VOLTA PARA CASA. Ele é alto e magro, mas como talvez não esteja se alimentando muito bem, pode estar mais magro, e é muito bonito. *Oh, meu deus, como ele é bonito!* Quando o vi pela primeira vez, perdi o fôlego. Eu, é claro, com meu traje de banho vermelho de duas peças, fiz seu coração parar de bater. Mas ele fez o meu bater com mais força. Obrigada, Jesus. Ah, agora eu lembrei o nome daquele sujeito, é Morris. *Por favor, leve o Morris e traga Sam de volta. Chamamos a isso de permuta. Você pode fazer essa permuta – você é Jesus.*"

*Minha mãe e meu pai.
No verso da foto está escrito com a letra de minha mãe:
"Extremamente vergonhoso (mas formidável)".*

QUATORZE
Qual é, cara? Vê se se manca, e se manda

    Uma garota está parada na rampa de saída junto ao cruzamento das estradas I-25 Norte e Paseo del Norte.
    Ela está ali parada – tiritando de frio. Usando um par de jeans surrados e com furos nos joelhos, uma jaqueta de couro que é boa e apropriada para o clima de primavera, mas não para suportar a possibilidade de uma nevasca e frio intenso de inverno. Ela ostenta um cartaz – que para mim é um dos cartazes mais engraçados, comoventes e inteligentes que já vi ser ostentado numa rampa de saída ou entrada de estrada ou em qualquer outro lugar:

Largada na estrada pelo mau gosto de sua escolha de homem.

Eu dou a ela uma nota enrugada de cinco dólares, a única nota que tenho em minha carteira, dizendo: OLHA, TODAS NÓS JÁ PASSAMOS POR ISSO E QUEM DISSER O CONTRÁRIO NÃO PASSA DE UM MONTE DE ESTRUME. Eu não conheço nenhuma mulher que não tenha sido abandonada por alguém em algum lugar do mundo. Ei, eu fui abandonada em minha própria casa.

Ela é bonitinha, tem um sorriso encantador e seu cabelo tem um estilo maluco que combina com suas roupas que revelam um gosto extremamente eclético. Eu não consigo imaginar o que ela fez para que um cara lhe desse o fora e a deixasse largada e pedindo carona na I-25.

Eu pergunto à minha mãe – oh, a sábia com demência – e ela me diz: "*Às vezes, basta soltar um suspiro na hora errada para eles largarem você. Eu espero que ela encontre um ótimo neurocirurgião, tenha um bebê e esqueça o traste que a largou tiritando de frio.*"

Assim que desperto no meio da noite, ficou pensando naquela garota e desejo realmente, do fundo de meu coração, e torço para que ela esteja bem. Ela demonstrara ter uma tremenda coragem. E eu espero sinceramente que o traste que a largou tenha tido um pneu furado e esteja agora parado na rampa leste de entrada para o Inferno ou qualquer outra porcaria de lugar dos Estados Unidos, com um cartaz dizendo:

EU SOU UM PINTO MURCHO
Deixe-me simplesmente aqui largado.
Eu mereço.

QUINZE
Sexo maravilhoso

Meu marido e eu temos uma transa sexual maravilhosa no meio da noite, em algum momento entre três e quatro horas da madrugada. Já me disseram que essa é comumente considerada a *"hora iluminada"*.
Iluminada não é o primeiro adjetivo de minha lista:
Romântica, apaixonada, sensual, ardente, molhada... loucamente delirante vêm primeiro à minha mente.

Je ne sais quoi?

DEZESSEIS
Noite pra lá de tenebrosa

    Esta é uma história extremamente longa da qual eu não estou a fim de aborrecer você com todos os seus mínimos detalhes. Basta dizer que estávamos no meio da floresta tropical, num hotel totalmente afastado, e eu desperto no meio da noite totalmente apavorada com a ameaça de que algumas pessoas muito assustadoras – do tipo de *Children of the Corn* [Colheita Maldita], com o corpo todo coberto de tatuagens – virão atrás de nós, porque inadvertidamente (sob pressão emocional paranóide) eu havia dado a elas o endereço preciso do hotel (extremamente afastado) em que estávamos.

Isso me deixa apavorada.
    Estou profundamente preocupada com a possibilidade de elas virem até o nosso hotel e nos matarem.

Eu não desperto Ken.

ELE NÃO SE PREOCUPA COM ESSE TIPO DE COISA.

Deitada desperta, eu penso em todas as outras coisas que me preocupam quando não consigo dormir (a lista seguinte não está em nenhuma ordem específica):

DINHEIRO (não ter o suficiente, ter demais e dá-lo, desperdiçá-lo, aplicá-lo em bons e maus investimentos e, é claro, a verdadeira preocupação que importa: identidade e roubo de dados pessoais)

ESCRITA (sofrer de "bloqueio criativo")

TRABALHO (sofrer de "bloqueio criativo extremo")

ENVELHECIMENTO (dispensa comentários; ver adiante "Seios caídos")

MEU GATO, WISHES (ele está muito velho e fraco e sofre de problemas renais)

MEU MARIDO, KEN (*vou reduzir minhas preocupações a três: que ele morra num acidente de carro, que esse acidente o deixe paralítico do pescoço para baixo e que ele não consiga controlar seus impulsos*)

MINHA MÃE BEA (*ela está velha e demente; voltar para "Meu gato, Wishes"*)

INCÊNDIOS (qualquer incêndio, em qualquer lugar, particularmente em minha casa)

ENCHENTES (igualmente)

TEMPESTADES (de gelo, de neve e quaisquer outras...)

DIRIGIR SOB CONDIÇÕES CLIMÁTICAS ADVERSAS (preocupo-me com a possibilidade de os limpadores de para-brisa deixarem de funcionar)

DIRIGIR EM BOAS CONDIÇÕES CLIMÁTICAS (preocupo-me com o que os outros motoristas possam fazer)

LINHAS DOS LÁBIOS (dos meus lábios)

SEIOS CAÍDOS (voltar para "Envelhecimento"; contornos dos mamilos, coisa sobre a qual, aliás, ninguém fala e isso me preocupa profundamente)

DEMÊNCIA (se já sou esquecida hoje, que raio será de minha memória daqui a mais de quarenta anos?)

FICAR VELHA E SOZINHA (ou ser sozinha e envelhecer)

CÂNCER (preocupo-me muito com isso – posso passar às vezes, em menos de trinta segundos, de uma saúde perfeita a um estado totalmente atormentado pelo câncer. Chego a sentir o tumor cancerígeno crescendo em meu corpo, o que faz parte da menopausa e da minha hipocondria – isso se chama "menocondria")

LEUCEMIA (não muito, mas mesmo assim me preocupo)

ATAQUES TERRORISTAS (preocupo-me com a possibilidade de explosões de pontes, túneis, autopistas e autoestradas com suas praças de pedágio, como também da Madison Avenue)

ACIDENTES DE AVIÃO (em geral, eu começo tendo ataques de pânico algumas noites antes de subir de fato num avião e me preocupando com a possibilidade de não dispor de Valium suficiente para me prevenir)

ANEURISMA CEREBRAL (não, não é a mesma coisa que ataques de enxaqueca)

COLAPSO NERVOSO (também dispensa comentários)

E evidentemente...

A MORTE *(seja a minha ou a de qualquer outra pessoa).*

DEZESSETE

Ma Bell

Mamãe – Parte 3

"Alô!"

"Amy?"

"Mamãe?"

"Amy, eu preciso que você me compre uma passagem para eu voltar para casa."

"Mas mamãe, são quatro horas da madrugada."

"O que você está dizendo, são quatro horas da tarde."

"Mamãe, acredite em mim, estamos no meio da noite."

"Não aqui. Aqui é dia claro."

"Mas mamãe, são duas horas de diferença onde você está; portanto, são duas horas da madrugada aí."

"Mas eu acabei de almoçar."

"Eu duvido."

"Por que você tem sempre que duvidar de mim. Eu acabei de almoçar. Almocei junto com aquela mulher doida, a Gert, você sabe quem é, a mu-

lher que sofre de Alzheimer. Nós tomamos sopa e comemos alguns biscoitos crocantes e, você sabia?, eu esqueci de te dizer que ela é uma ladra. Sim, ela rouba. Ela roubou um cesto cheio de biscoitos crocantes e enfiou-os em sua bolsa. Ela é uma pessoa extremamente instável. É uma criminosa típica."

"Mamãe, eu duvido que ela seja uma criminosa. É você que rouba biscoitos crocantes – eu já vi você fazer isso."

"Ora essa, você me viu roubando. De que raio você está falando? Quando é que você me viu roubar?"

"Na semana passada, quando eu estive aí com você."

"Na semana passada? Você esteve aqui na semana passada?"

"Mamãe, eu levei você para o Novo México; de mudança da Flórida."

"Eu quero voltar para casa agora mesmo. Não gosto daqui."

"Podemos conversar sobre isso pela manhã?"

"Não, eu quero falar sobre isso agora. Vocês todos parecem achar que se eu não falar agora, vou acabar esquecendo. Eu quero sair deste inferno aqui agora e ir para casa e dormir na minha própria cama."

"Mamãe, você *está* dormindo em sua própria cama. Você tem todos os móveis totalmente novos."

"Não fui eu que os escolhi. Não são de meu gosto. Eu tenho muito bom gosto."

"Mamãe, você adora os móveis – você disse isso."

"Eu menti. É muito atravancado. Judeus não gostam de atravancamento. São os góis que gostam disso. Você nunca viu o que eles fazem com a árvore de Natal, por amor a Cristo? Com todas aquelas porcarias de bolas e enfeites pendurados. Esta aqui não é a minha cama. E estes não são meus móveis. Minha cama e meus móveis estão na Flórida. Na minha casa."

"Você vai ter de ficar aí no Novo México."

"Quem foi que disse?"

"Eu estou dizendo."

"E quem é você?"

"Eu sou sua filha."

"Mas você não é Deus. Deus não disse que eu tenho de ficar aqui. E eu não ouço o que você diz. Eu ouço o que deus diz."

"Mamãe?"

"Sim?"

"Você tem um plano de contingência – um plano B?"

"O que é um plano B?"

"Você sabe, para o caso de algo não funcionar. Você precisa ter um plano de retirada."

"*Bem, isso soa algo muito negativo, se você quer saber a minha opinião – um plano de retirada? Soa como desistir antes mesmo de ter começado.*"

"Mamãe, por que você é sempre do contra? Por que você diz azul--esverdeado quando eu digo azul? Se eu digo magenta, você diz escarlate... será que não podemos estar de acordo com respeito a alguma coisa numa hora tão contrária à vontade de deus como esta?"

"*E quando seria uma hora condizente com a vontade de deus?*"

"Bem, eu diria que depois da dez horas da manhã, essa costuma ser uma hora bastante civilizada."

"*Certamente, se deus fosse uma prima-dona, essa seria uma boa hora para entrar em contato com ele. O meu deus, aquele para o qual eu oro, com quem eu falo e para quem me queixo, o meu deus, ele levanta às quatro horas da manhã. Ele não desperdiça nenhum maldito instante. Você precisa dele e, pimba, ele está pronto para atender. O seu deus parece ser muito preguiçoso e irresponsável.*"

"Tudo bem, então deixe-me ver se eu entendi direito: você quer voltar para sua casa na Flórida e ficar com seus móveis e quer que deus – o seu deus – a ajude com todas as providências necessárias para a viagem?"

"*Sim. O meu deus.*"

"Mamãe, por favor, desligue agora o telefone e ligue para o 411 e veja se consegue a lista de deus, em D-E-U-S, e ligue para ele."

"*Que número é esse, 411?*"

"É o número do serviço de informações, mamãe."

"*Eu não preciso de informação. Já tenho informação demais. É por isso que não consigo pensar direito. Estou cansada agora.*"

OUÇO O ESTALIDO DO TELEFONE.

DEZOITO
Lavação de roupa pra lá de suja

Este jogo é chamado de "Relação Patológica entre Irmãos" – uma espécie de fusão do Banco Imobiliário e do Pôquer – em que um irmão acaba ficando com todo o "poder de executor".

Estou sentada diante de meu computador às três horas da madrugada e é isso que estou fazendo. Estou procurando no Google por planejamento de espólios familiares, planejamento de espólios em geral, irmãos afastados, irmãos e demência, irmãos e demência e assistência a pais idosos, procuração judicial, disputa entre irmãos, capangas, viagens de fim de semana a Las Vegas com tudo incluído e advogados especializados em irmãos que deixaram de se falar.

EXISTEM MUITOS MILHARES DE SITES QUE TRATAM DE ASSUNTOS COMO ESSES.

Meu irmão recusa-se terminantemente a reembolsar o dinheiro que eu gastei com minha mãe (viagens, visitas e ajuda com sua mudança), apesar de, na realidade, a ideia desse negócio de reembolso ter sido aventada por ele próprio.

A recusa dele, que aliás veio em forma de um e-mail escrito todo em LETRAS MAIÚSCULAS, como para deixar claro que estava gritando ALTO comigo para que eu entendesse que *ele estava falando sério, me deixa totalmente desconcertada.* Ele insiste em afirmar que *nunca jamais* seria capaz de pedir para ser reembolsado, porque ele é um filho abnegado, amoroso e generoso e que eu sou uma filha egoísta e irresponsável. Mas tudo isso faz parte de nossa "história". Essa não é a primeira vez, e mais provavelmente não será a última, em que meu irmão e eu temos alguma forma de confronto SEM NA REALIDADE NOS CONFRONTARMOS UM COM O OUTRO. Meu irmão é exatamente igual ao meu pai e isso, na realidade, faz parte da dinâmica familiar, herdada de meu pai e minha mãe, e que tanto eu como meu irmão temos um pouco, mas não vou me estender sobre isso, apenas dizer que, de uma maneira ou de outra, a questão sempre girou em torno de DINHEIRO. Sempre. É um drama familiar, como de qualquer outra família e, em minha opinião, nem mais nem menos problemática. Muito embora eu reconheça que eu posso estar errada quanto a isso.

SENTADA DIANTE DE MEU COMPUTADOR, EU PESQUISO FEBRILMENTE NO GOOGLE.

Fico instantaneamente impressionada com um site em particular, o *Christian Index*, que promete restabelecer todos os relacionamentos arruinados, sob a condição de que você faça uma doação para poder se inscrever e obter uma senha.
Eu decido seguir em frente.
Algumas informações interessantes que eu encontro em minha busca:
1. SE UMA PESSOA MORRE SEM DEIXAR TESTAMENTO, ELA É CHAMADA DE INTESTADA. Eu não fazia absolutamente nenhuma ideia disso.

Chama-se a isso de morte intestada, que fica parecendo como se alguém foi abatido de repente pela morte entre dois estados, digamos que, como no meio do caminho, entre os estados da Pensilvânia e de Jersey.

2. A GERAÇÃO NASCIDA NOS ANOS IMEDIATAMENTE APÓS O FIM DA GUERRA É MAIS LITIGIOSA DO QUE QUALQUER OUTRA GERAÇÃO. Isso é chamado de ganância. Um maior número de testamentos e espólios enfrenta hoje o desafio do que passou a ser chamado de "cláusula dos sentimentos feridos": "Por que mamãe não deixou para mim tanto quanto deixou para minha irmã (irmão)?" Eu considero esse problema como sendo típico de minha geração.

3. HÁ AINDA A EXISTÊNCIA DE INFLUÊNCIA INDEVIDA – QUE OCORRE QUANDO ALGUÉM FORÇA OU COAGE O PROPRIETÁRIO A ASSINAR UM NOVO TESTAMENTO, O QUAL MUITO PROVAVELMENTE FOI ALTERADO PARA SATISFAZER OS INTERESSES DA PRÓPRIA PESSOA QUE ESTÁ COAGINDO-O. Isso, também, é considerado ganância, ou possivelmente um comportamento extremamente torpe e cruel. Pelo que parece, esse tipo de coisa – a alteração de testamento – está atualmente ocorrendo com cada vez mais frequência. O que não me surpreende. Eu conheço pessoas (embora não muito bem) que chegariam prontamente a cozinhar seus irmãos em água fervente para conseguirem a parte que consideram justa de um testamento ou espólio. Eu conheço pessoas que tiraram cada peça de joia ou de arte da casa de seu progenitor para que os parentes não ficassem nem sequer com uma lembrancinha. Eu conheço pessoas que se mudaram no meio da noite com uma carreta rebocada a seu BMW carregada de móveis, quadros e bicicletas Schwinn para que seus irmãos ficassem a ver navios.

Ao percorrer esses casos, depoimentos e experiências, eu digo em voz alta para um deles em particular: Aha, isto é que é disputa entre irmãos pra ninguém botar defeito.

EM MINHA FAMÍLIA NINGUÉM FAZ TEMPESTADE – todo mundo fala de todo mundo pelas costas, enfia um punhal no peito, age como se não tivesse nada a ver, fica sabendo por meio de parentes que na verdade todo mundo fala mal de você, *e* também de todos os outros, e você releva – ou pelo menos tenta – mas, por deus, nada de fazer tempestade. E quem não sabe, por favor, anote aí, pelo fato de minha família não fazer tempestade, ela tampouco aprendeu a nadar em suas águas. Ela simplesmente chapinha. Milhares de dólares são gastos com trajes de banho, cabinas para banhistas, chapéus e óculos de sol e por último, mas não menos importante, bloqueadores solares à prova d'água e de suor com fator de proteção solar 187 contra raios UVA e UVB, mas nunca jamais ninguém nada. APENAS CHAPINHA.

Eu decido agora me tornar uma super-heroína feminina, lutando contra a injustiça e a maldade fraterna tanto com minha língua como com minha arma preferida: a poderosa caneta – e, é claro, com a ajuda do Google. Eu tenho uma tatuagem (lavável) desenhada estrategicamente em meu ombro:

FAÇA TEMPESTADE, NÃO AMOR.

Eu estou decidida. Estou armada. E sou uma mulher em cumprimento de uma missão.

MEUS AMIGOS SE JUNTAM AO MEU REDOR E FAZEM UMA DANÇA SUFI ESPECIAL AO SOM DE TAMBORES AOS DEUSES E DEUSAS PARA PEDIR O REEMBOLSO. Dançamos por horas a fio. Meus pés ficam doloridos. Tenho joanetes. Comemos batatinhas fritas com sabor de tomate, cebola e pimentão até ficarmos todos com ânsia de vômito. Uma oração especial pelo reembolso é enviada ao universo. Eu envio outro e-mail ao meu irmão. Ele continua inflexível, mandando, sem papas na língua, que eu vá me catar! Sou delicadamente lembrada pela princesa sufi Ana-na-na-na que as danças para pedir reembolso nem sempre funcionam. Eu, por minha vez, lembro-a delicadamente que deveria ter dito isso antes de eu ter ficado com os pés inchados e, de preferência, antes de ela ter embolsado à vista os duzentos e oitenta dólares.

Decido que é hora de eu me afastar de meu clã "sanguíneo" e dedicar totalmente os instantes restantes do tempo em que permaneço acordada a me tornar membro/assinante do Christian Index – incluindo um plano odontológico e passe livre no metrô.

DEZENOVE
Em paz em minha banheira no meio da noite

Ah, sim.

VINTE
Nada como um bom barraco...

Meu marido e eu temos uma briga barulhenta, daqueles barracos com gritaria de fazer rebentar os pulmões no meio da noite.

Ele havia dito algo um pouco antes, naquela mesma noite, de que não consigo me livrar. Portanto, trato de acordá-lo. Eu o soco e soco... e soco, literalmente dando-lhe empurrões.

"O que é isso?" Ele reage totalmente grogue. *"Que diabos você está fazendo?"*

Eu trato de expor minhas reclamações por ele não ter me apoiado quando deveria. A minha vontade é de empurrá-lo contra a parede e esmurrá-lo até fazê-lo sangrar.

Ele olha para mim como se eu tivesse tomado uma dose de pílulas estrambóticas. Em seguida, fica animado e me encara: *"De que raios você está falando?"*

Eu libero o meu ataque de fúria. Totalmente frenética. Salto da cama e com ambas as mãos e ambos os braços em perfeita sintonia para demonstrar o tamanho e a profundidade de minha irritação com sua... sua falta de apoio.

"AH, ENTÃO É ISSO. EU NÃO TER GOSTADO DO MACARRÃO", ele diz. "POIS NÃO ESTAVA AL DENTE."

Eu não consigo nem olhar para a cara dele. Vou para a sala e me sento no sofá. Fico olhando para a lareira – o lindo quadro pendurado e as belas obras de arte perfeitamente alinhadas acima da lareira, os candelabros feitos de uma mistura de ouro e cobre – e penso em quão maravilhosamente bem eu decorei a casa, com todos os meus pequenos toques perfeitos aqui e ali e, então, pergunto em alto e bom som: Como é que pode você se casar com alguém, viver com essa pessoa por quase quinze anos sem jamais conhecê-la realmente.

Ele responde gritando do quarto: "ÓTIMO – VOCÊ ESTÁ CERTA. VÁ EM FRENTE, ATIRE EM MIM."

Ora, veja, ele está pedindo desculpas... sabe que está errado.

VINTE E UM
O expresso bipolar

Eu estou tomando 25 miligramas de Zoloft. Foi mais ou menos dois anos atrás quando eu estava dirigindo na Estrada 80 que senti o ímpeto súbito de dirigir diretamente para o canteiro central. Era quase como se eu estivesse fora do corpo. Como se eu tivesse perdido totalmente o controle desse pânico, dessa tristeza e desse desejo incontrolável de me despedaçar, para não mencionar o carro. Eu ligo para o meu médico, que diz imediatamente: "É A MENOPAUSA. Tem tudo a ver com a menopausa. Não dá pra dizer quantas mulheres sentem o mesmo que você. Fazer o carro despencar da estrada". Ao que eu respondo: "TALVEZ VOCÊ DEVESSE ABRIR UMA AUTOESCOLA." Ele ri. *A risada dele me irrita.* Range como um giz no quadro-negro. Ou mais especificamente, como aquela sequência de risadas malucas e enervantes numa sala de espelhos. Eu não tenho paciência para isso, nem para ele nem para qualquer outra mulher que esteja com problemas de direção. Ele me prescreve Zoloft, 25 miligramas, a dosagem pediátrica. Eu me pergunto o que isso significa. Será que ele está me receitando a dosagem mais baixa porque acha que eu não preciso ser medicada ou porque acha que sou uma garota imatura e indomável? Não sei qual é a dele ao me receitar a dosagem pediátrica. Isso fica me incomodando.

Volto, portanto, a ligar para ele... bem, isso não é verdade. Eu *não ligo de fato para ele...* Eu faço de conta que ligo para ele. Faço de conta que estou digitando os números de seu telefone enquanto estou deitada no sofá no meio da noite olhando para o ventilador de teto girar tão lentamente a ponto de me deixar nauseada. Eu o imagino atendendo a chamada e me imagino dizendo: *Ei, você me receitou esta dosagem por achar que eu estou me comportando como uma criança ou porque essa dosagem mínima basta para me colocar no eixo?* E ele me explica, em minha conversa imaginária, que me receitou a dosagem mínima por eu ser mais madura e saudável do que suas outras pacientes. E me sinto aliviada. E me dando conta, enquanto falo com ele pelo telefone, de quanto é difícil conseguir falar com ele fora do horário, aproveito para perguntar se ele acha que as dores de cabeça que estou tendo podem ser causadas por algum tumor no cérebro. Ele me pergunta se as imagens que eu ando vendo são coloridas ou se são apenas setas que disparam diante de meus olhos. Eu digo a ele que não tenho certeza se elas são coloridas. Talvez sejam. Talvez seja um feixe de luzes coloridas que possa estar me cegando. Ele faz um instante de silêncio antes de dizer: *Você saberia se tivesse um tumor no cérebro, sua cabeça estaria latejando de maneira insuportável e você não conseguiria nem piscar os olhos sem sentir uma dor excruciante.* Eu digo a ele que não sinto nada disso e, portanto, posso excluir a possibilidade de ter um tumor no cérebro. FICO ALIVIADA. Mas tenho mais uma pergunta para lhe fazer: se a dor que tenho no abdômen pode ser sintoma de uma úlcera ou de síndrome do intestino irritável.

Ele aumenta a dosagem para 50 miligramas. Hmmmm, pergunto a ele que espécie de dosagem é essa e ele responde que é a de um adolescente na pré-puberdade. Ao que eu respondo: Oh, entendi, você não é um médico de verdade, você apenas atua na minha TV imaginária.

Como é que eu posso ser tão perspicaz nesses telefonemas imaginários?

VINTE E DOIS
Ragtime

Vejo no relógio que são 2h34 da manhã.

Estou determinada a cair de novo no sono. Determinada. Estou determinada a voltar a dormir sem qualquer ajuda de qualquer droga – apenas com a ajuda da velha e boa força de vontade.

O RELÓGIO MOSTRA AGORA QUE SÃO 3H47 DA MANHÃ.

Dane-se!

Acendo a luz. Bem fraquinha para não perturbar meu marido, que dorme profundamente e ronca. Eu gostaria que você imaginasse o que eu vejo quando rolo de lado para pegar uma revista que está ao lado da cama porque ele queria ver as fotos de Brad e Angelina.

Uma *venda para os olhos, uma coisa nos lábios para impedir que a baba escorra* e que fica parecendo como se a pessoa tivesse paralisia do nervo facial, e minha parte favorita de todo esse ritual noturno: o que meu marido prefere chamar de CAPUZ PENIANO – feito de um pedaço de papel higiênico enrolado em seu pênis. É o que ele faz depois de urinar no meio da noite. Urinou, enrolou. Ele volta para a cama, depois de fazer tudo sem tirar a venda dos olhos.

Deixando um rastro de papel higiênico do banheiro até o quarto. Não estou brincando.

Quando estamos tomando o café da manhã, eu passo para ele um guardanapo de papel. Ele me lembra, num tom meio que professoral, que devo ser mais "verde", mais consciente e mais ecologicamente correta, mais respeitosa com o meio ambiente – eu deveria começar a usar guardanapos de "tecido", porque guardanapos de papel, toalhas de papel e qualquer outra coisa de papel são um desperdício. Eu sou uma esbanjadora e preciso ter mais consciência ambiental.

Eu respondo que ele está absolutamente certo. Sim, eu sou uma esbanjadora; sim, preciso ter mais consciência ambiental. Posso jurar pelo jeito com que ele inclina a cabeça e toma golinhos de seu café que ele está se sentindo estrondosamente vitorioso. Eu proporciono a ele esse instante ensolarado. Eu deixo que ele curta esse instante. E então faço algo que nunca jamais pensei fazer em um milhão de anos. Não digo nada.

NADA. NENHUMA PALAVRA. EU SEI QUE OS ATOS – ATOS – FALAM MUITO MAIS ALTO DO QUE AS PALAVRAS.

No meio da noite, quando Ken se levanta para urinar, há um guardanapo de tecido perfeitamente dobrado sobre o suporte para papel higiênico.

E como eu mesma estou acordada nesta hora incivilizada, sentada diante de meu computador, posso perceber que ele, embora de maneira um tanto tímida, reage com clara irritação:

"É muito da metida mesmo!"

VINTE E TRÊS
Áreas de acampamento & tornados

Essa é tanto uma pergunta como uma observação.

É algo que realmente me deixa totalmente perplexa.

Alguém mais notou?

Eu entendo tudo teoricamente, é verdade. Só que...

VINTE E QUATRO

Apenas preocupada (nem demais nem de menos)

Estou diante do meu computador, respondendo a e-mails no meio da noite – mensagens que não respondi durante a tarde e salvei para responder mais tarde. Por alguma razão, eu sinto muitas vezes que se começar a responder às mensagens durante a tarde, meus amigos saberão que não estou escrevendo meu livro. Mas que, se eu as respondo no meio da noite, eles acharão que eu trabalhei o dia todo.

É TUDO UMA GRANDE MENTIRA.

Eu estou sofrendo de bloqueio criativo há quase quatro anos. Todo mundo que me conhece sabe disso. Portanto, não sei que droga de grande segredo é esse. Salvo, como você pode ver, que é patológico. Enquanto dou uma olhada nas mensagens "não respondidas", salta em minha tela uma mensagem instantânea de uma amiga, que também está acordada no meio da noite, perguntando em letras maiúsculas ressaltadas em negrito: VOCÊ ESTÁ EM PÉ? Eu respondo que *sim, estou acordada* (tudo em caixa-baixa). Na mensagem seguinte, também com letras em negrito: VOCÊ TEM MEDO DA MORTE? Não sei o que ela quer dizer com isso. E pergunto a mim mesma: *Será que ela está querendo saber se em geral eu tenho medo da morte*, ou está perguntando por ela mesma ser uma assassina à espreita disposta a me matar pela Internet. Eu assisti àquele filme – com Denise Richards; todo mundo é assassinado assim que clica em "responder" em seu computador. Eu respondo com uma mensagem muito breve: *"Por que você quer saber?"* E de novo, com letras em negrito: "PORQUE EU TENHO PAVOR DE MORRER. PENSO NISSO O TEMPO TODO, ESPECIALMENTE AGORA, QUANDO NÃO ESTOU CONSEGUINDO DORMIR." Pergunto-me se a tecla de letras maiúsculas de seu computador está emperrada ou se ela está tendo um colapso nervoso. Eu assisti também a esse filme, uma produção da TV Lifetime, com Veronica Hamel.

Eu respondo a ela que não tenho propriamente medo da morte; tenho medo de ser esquecida. Receio de que quando eu morrer ninguém vá ao meu funeral, de ser descoberta, que alguém revire todos os meus armários e gavetas e descubra que fui uma tremenda bagunceira e que as pessoas falem mal de mim, especialmente por eu já estar morta – elas falarão ainda MAIS ALTO pelas minhas costas – que minha vida seja revelada como uma fraude e que os meus problemas privados de ordem emocional que levei para o túmulo sejam revelados e todos os segredos que revelei a alguém se tornem um tremendo sucesso póstumo e conquistem todos os tipos de prêmios literários e que uma biblioteca ou loja de departamentos seja criada em minha homenagem, um hambúrguer receba o meu nome: Hambúrguer Amy – "Uma espécie de X-tudo sem maionese".

Que eu não tenho medo da parte da morte que envolve o ato de morrer propriamente dito, mas, sim, muito medo de seus efeitos póstumos.

A mensagem de resposta dela diz: PELO VISTO, VOCÊ É DO TIPO COM MANIA DE CONTROLE.

Ei, qual é, sua cara de pau? Foi você quem quis saber. Eu estava bem satisfeita cuidando da minha própria vida, sem pensar na morte, e veio você chafurdar nesse lodo, não foi????

ORA, QUE PETULÂNCIA!

Mania de controle, eu?

OH, ESTOU TREMENDO – OOOOOOOHHHHHH. TREMENDO DA CABEÇA AOS PÉS.

Pessoas altamente desenvolvidas adoram a ênfase no oh.

EU NÃO QUERO MAIS SER SUA AMIGA.

Não quero mais saber do raio de suas letras maiúsculas e trate de usar seu corretor ortográfico. Ótimo, morra. Veja se eu me importo. Se eu compareço ao seu funeral. Se dou a mínima. Não me envie mais mensagens instantâneas no meio da noite. Você acordou toda a minha família com o barulho de suas estúpidas LETRAS MAIÚSCULAS. Vá pro inferno...

EU QUERO QUE VOCÊ SE ESTREPE INTEIRA!!!!

Tchauzinho pra você, estou desconectando.

Perco o sono.

Perco amigos.

Mas deixarei um hambúrguer com meu nome.

VINTE E CINCO

Alô, escuridão, minha velha amiga

Chama-se a isso de encruzilhada. Você não sabe que direção tomar, esquerda ou direita.

EIS O MAPA RODOVIÁRIO:

Eu me senti uma mulher bastante fabulosa quando fiz cinquenta anos, não fabulosa como algo fantástico e fora da realidade – mas bastante fabulosa, um oito na escala de um a dez, um sólido oito. A vida que eu levava era plena de sentido, eu tinha uma carreira gratificante, um marido que me amava incondicionalmente e amigos que eu amava e prezava muito. Uma bela moradia, num ótimo apartamento, além de esperança e determinação para dar e vender.

O quinquagésimo primeiro ano começou um pouco incerto, um pouco duvidoso. Eu tinha tudo que mencionei acima, mas a esperança e a determinação começaram a enfraquecer. Era como se uma manhã eu tivesse acordado com os efeitos de um punhado de pílulas de amargura e ressentimento tomado na noite anterior. Qualquer forma de intimidade eu sentia como invasiva. Dizer "não" para o meu marido tornou-se parte da rotina corriqueira. Isso poderia ser colocado na categoria de nossas juras de *"na riqueza e na pobreza, na doença e na saúde, na raiva e fique longe de mim* SE NÃO QUISER QUE EU LHE ENFIE UMA FACADA". Eu comprei dois computadores Mac novinhos em folha (um portátil e outro de mesa) achando que com isso eu fosse dar um grande empurrão em minha carreira literária.

É mais ou menos a mesma coisa que você comprar um fogão Viking novinho em folha achando que irá curtir mais cozinhar, apesar de nunca ter gostado de fazer isso.

O quinquagésimo segundo entrou mais ou menos na categoria de horrendo. O fio de esperança e determinação que restava no ano anterior havia desaparecido completamente, para não mencionar a carreira, que não apenas havia descido para o sul, mas, além disso, fora varrida por um furacão. E ainda por cima, eu não tinha mais cintura. EU NÃO CONSEGUIA MAIS FECHAR O ZÍPER DE NENHUM PAR DE CALÇAS OU DE JEANS, ABSOLUTAMENTE DE NENHUM PAR. O zíper emperrava mais ou menos um quarto de polegada acima do osso púbico. Recusando-se a sair dali. Para não me constranger, eu não deitava no chão, simultaneamente contraindo o abdômen e prendendo a respiração, para tentar fechar o zíper. Só se pode fazer isso quando se tem dezesseis anos e ambas as pernas têm a largura de um bastão de beisebol. Eu passei a usar o mesmo par de calças de malha quase diariamente. Calças de malha, camisetas ou blusões com capuz, dependendo do tempo. Eu me sentia e parecia o *avesso de uma escritora.* Eu sempre acreditara que seria um ícone da moda quando chegasse à meia-idade. Não sei por que eu acreditara nisso, afora minha profunda paixão por roupas, sapatos e suas combinações – para não mencionar os acessórios. Eu adoro usar acessórios. Mas mais do que usar joias, eu adoro comprar joias. Eu tenho mais colares do que "deveria" e do que seria capaz de usar nesta ou em qualquer outra encarnação. Aquisições feitas sob impulsos irrefreáveis. Eu simplesmente acreditava que seria uma mulher do tipo "dama de negro de ópera, com pérolas enormes" quando tivesse cinquenta anos. Não esperava ser a versão envelhecida de minha jovem faceta hippie, avessa a qualquer forma de glamour.

O quinquagésimo terceiro aniversário foi o alívio extremamente necessitado. Atualmente estou me sentindo um pouco mais: um pouco mais apaixonada, um pouco mais criativa, um pouco mais bonita, um pouco mais desejável e um pouco mais generosa, além de muito, muito menos amarga e irada.

E ISSO TUDO É MUITO MAIS UM ALÍVIO PARA MEU MARIDO DO QUE É PARA MIM.

VINTE E SEIS

Como ele cultiva seu jardim

EIS O TRATO, UM ACONTECIMENTO SEMANAL NOS MESES DE PRIMA-VERA E VERÃO.

Eu bato na janela de vidro do jardim, chamo a atenção de meu marido com estas palavras: *"Ei, eu estou excitada"*. Ele assente com a cabeça e sorri. Eu assinto e sorrio. Ele aponta para sua roupa suja de jardinagem, como se quisesse dizer: *"Dê-me alguns minutos. Vou em seguida."* Eu respondo entusiasmada com um polegar erguido. Ele se apressa a plantar as sementes de alface e rúcula em tempo recorde. Passam cinco minutos. Ele planta rapidamente outro canteiro de mudas. Em seguida, rega as verduras recém-plantadas na terra que acabou de adubar. De dentro da casa, eu sinto o cheiro do adubo. Ele tem muito orgulho de ser jardineiro. Fica observando o seu trabalho. Todos os lindos canteiros que ele fez com as pedras e pedaços de rocha que encontrou em nossa propriedade. Agora plantados. Tira outro momento para urinar. Ele gosta de urinar ao ar livre. Coisa de homem. Ele urina e sorri, é um homem vaidoso. Esse é o seu jardim. Apenas alguns anos antes, era um jardim minúsculo; agora é um campo de flores e verduras viçosas. Nossos amigos o chamam de Matisse dos jardins. Alguns minutos depois, talvez cinco, talvez seis, eu ouço a porta do porão ser aberta e fechada. Ouço seus passos subindo as escadas, saltando dois degraus de cada vez. Ouço-o revirando a gaveta de sua mesinha de cabeceira. Ouço o ruído de suas roupas sendo largadas no chão. Ouço o ruído de seus movimentos se acomodando na cama, *"Tudo pronto"*.

NÃO ESTOU MAIS COM DESEJO. Eu digo a ele que foi uma onda. Errado. Não foi uma onda, mas uma simples encrespação, muito, muito breve. Vejo que ele ficou extremamente desapontado. E também que ele tomou um comprimido de Cialis, o qual, por todos os anúncios publicitários que já vi na televisão, sei que seu efeito pode durar por um período de trinta e seis a quarenta e oito horas, a menos que a pessoa esteja cavalgando, o que pode reduzi-lo em quase trinta horas.

Ele se veste, deixa o quarto e volta a trabalhar em seu jardim com mais paixão, vigor e energia.

O jardim dele nunca esteve TÃO bem cuidado e bonito como nesses dias.

O jardim deslumbrante de Ken.

VINTE E SETE
O gato encaixotado

O WISHES NÃO DORME COMIGO HÁ TRÊS NOITES. Eu digo comigo, e não conosco porque, verdade seja dita, ele é *meu* gato. Ele adora Ken, é verdade, mas me ama muito mais. Por quase toda a sua vida felina, ele dormiu colado a mim, no meu lado da cama. Ele não é um gato muito afetuoso, mas é definitivamente um gato leal "até a medula". Tão leal que, quando eu saio da cama às três horas da madrugada, ele vai atrás de mim. Fica enroscado no sofá do meu quarto enquanto estou no computador. E quando eu volto para a cama, ele vai atrás.

Nas últimas três noites, ele não dormiu comigo, nem me seguiu nem ficou enroscado no sofá do meu quarto enquanto eu pesquisava febrilmente no Google sobre falência renal felina.

Nós o adquirimos um pouco antes de nos casarmos. Para sua informação, eu não era dada a gatos. A única justificativa para adquirirmos um gato era que, vivendo no meio do mato (mesmo que apenas nos finais de semana), as chances de ratos fazerem a festa no meio da noite em sua cozinha, com música e até um DJ, são muito altas. Como sou uma garota urbana com possibilidade de acesso instantâneo a exterminadores de ratos, eu deixei que Ken tomasse conta desse problema. Ken disse que deveríamos ter um gato. Sendo quem eu sou, decidi insistir neste ponto: por que não chamar um exterminador de ratos? Com certeza existem muitos por ali, mesmo sendo uma área rural. Ele tratou de me lembrar que, sendo um PRODUTOR ORGÂNICO, não estava a fim de nenhuma PORCARIA TÓXICA em nenhum lugar perto do jardim, e também da casa, *contaminando as verduras e legumes... flores e frutas.*

"E... e...?" Eu perguntei, pressionando-o para ver se ele me dava uma justificativa mais "razoável" do que a da contaminação.

Ele ficou olhando para mim, com a boca totalmente aberta. Eu fiquei olhando para ele, com a boca totalmente aberta e acho que, naquele momento, ambos estávamos pensando exatamente a mesma coisa: "E eu vou me casar com esta pessoa, por que raios?"

Tudo bem. Que seja. Um gato.

Eu disse a Ken que queria escolher o gato. Ele ligou para um amigo que disse conhecer alguém que estava dando filhotes de gato. Os gatinhos estavam vivendo num trailer levado para o meio do mato, numa área isolada. Havia doze gatinhos chorando, miando, gemendo e se esganiçando quando eu cheguei lá. Eu vi aquele gatinho branco e cinzento. *Ele olhou para mim, eu olhei para ele.* A ligação foi imediata. Mais ou menos o que acontece num bar das vizinhanças tarde da noite quando você já tomou umas e outras. *Talvez seja esse, a menina pensa.* TALVEZ EU ME ACOSTUME, PENSA O CARA. Mas, pode acreditar, nenhum deles acha que vai acabar com um carrinho de gato no banco de trás do carro.

Eu escolho o gatinho branco e cinza. A mulher, cujo nome eu não consigo lembrar, que também morava naquele trailer, me disse que havia dado a ele o nome de Aloysius. Eu pensei em como é que ela tinha tempo para dar nome a cada um daqueles gatinhos e, ainda por cima, dar ao escolhido um nome impossível de ser pronunciado e escrito? Mas eu disse muito obrigada e fui embora.

No percurso de volta para casa, o gato de nome impronunciável miou o tempo todo.

Ken e eu resolvemos chamá-lo de Wishes. Pensamos antes dar a ele o nome Al, mas nos pareceu um nome demasiadamente urbano.

Eu me apaixonei perdidamente por ele e rezo todas as noites para que sua mãe biológica não resolva vir buscá-lo.

Ele dorme ao meu lado todas as noites (bem, quase todas as noites) há quinze anos e meio.

Mas agora ele está muito doente. Mortalmente doente. Nós o mantemos vivo por meio de soluções líquidas e comprimidos e com a assistência de um ótimo veterinário, o Dr. Kaplan. Ele anda fraco, triste e perdeu peso; seus olhos e pelo perderam o brilho e nós fazemos o melhor que podemos para dar a ele amor e carinho. Ken e Wishes têm um vínculo masculino profundo.

Wishes é só pele e ossos e eu sei, sei que mantê-lo vivo é cruel e desumano. Ele não come nem bebe água. Minha amiga Karen me acompanha ao veterinário, não o Dr. Kaplan, porque o Dr. Kaplan atende em Nova York e eu simplesmente não consigo dirigir até tão longe, não com o coração partido. Vamos a um veterinário local na Pensilvânia, o veterinário de Karen. Karen é muito gentil e carinhosa e fica segurando a minha mão. O veterinário o pesa. Menos de dois quilos e meio. Eu peço para ficar alguns instantes a sós com ele.

Pergunto a Wishes o que ele quer que eu faça. Ele deita a cabeça sobre a mesa metálica. E fecha os olhos. Está cansado. Ele está velho e cansado e, oh, muito doente. Eu tomo uma decisão.

Não consigo respirar nem prender a respiração e tampouco enxergar qualquer coisa, porque estou chorando tanto que tudo fica

NEBULOSO e EMBAÇADO. Preciso ligar para Ken. Digo a Ken que Wishes morreu e ele chora. O veterinário quer saber se é para cremá-lo. Eu digo que não, que vamos enterrá-lo no quintal dos fundos. Ele coloca os restos de Wishes numa pequena caixa de papelão branco (que, por sinal, fica parecendo uma embalagem da KFC) e eu peço ao veterinário que, por favor, coloque a caixa com Wishes no banco de trás do meu carro.

Por coincidência, tem ocorrido uma tempestade de granizo após outra na Pensilvânia. Até eu sei que não há como Ken cavar um buraco para enterrá-lo com toda a nossa propriedade parecendo o palácio de gelo do Dr. Jivago. Precisamos encontrar um lugar provisório, que seja frio e seco, para colocá-lo até podermos enterrá-lo. Como não vamos comprar um freezer na Best Buy, a melhor opção que nos resta é o Miata na garagem. Colocamos a caixa no seu porta-malas, a cobrimos com um cobertor e decidimos que é melhor não dizermos nada a nenhum de nossos amigos. Entretanto, algumas noites depois, num jantar em nossa casa, nós damos com a língua nos dentes. *Alguns riem. Outros cobrem a boca. Alguns nunca mais ligaram para nós. Mas absolutamente todos lançam um olhar curioso quando passam pela garagem. Alguns chegam mesmo a querer tocar no porta-malas.*

No meio da noite, eu vou até a garagem. Imagino Wishes dentro da caixa, no porta-malas, e o que mais quero é pegar uma picareta e cavar um buraco e enterrar... o MIATA.

Algum tempo depois de termos enterrado Wishes, eu liguei para minha mãe. Finalmente, eu contei para ela que Wishes havia morrido. Que fomos obrigados a sacrificá-lo, porque ele estava muito doente, velho e cansado.

"Oh, meu deus", ela suspirou e, em seguida, perguntou:
"Por quanto tempo vocês estiveram casados?"

Meu gato. Minha mãe. Perdi os dois.

VINTE E OITO
Uma questão de vida ou morte

Eu acordo no meio da noite.
Estou totalmente encharcada de suor.
Cada centímetro do meu corpo.
Da cabeça aos pés. Uma onda de calor me envolveu.
Ensopada.
Eu me desnudo inteiramente, coloco uma compressa fria na nuca.
Visto uma camiseta limpa de tamanho maior que o meu.
Não sei exatamente em que momento, mas volto a cair no sono.

Subir na balança para me pesar é a primeira coisa que faço pela manhã. Aumentei um quilo (bem, talvez não um quilo, mas com certeza retive líquidos durante a noite e me *sinto* um quilo mais pesada do que quando fui para a cama).

Minha editora, Krista, me diz por e-mail que eu devia me livrar da balança. Jogá-la fora. Balança incômoda. Eu faço obedientemente o que ela manda.

Ken me pergunta onde está a balança – porque ele adora se pesar – e eu digo a ele que a coloquei no porão junto com todas as outras tralhas.

Diante disso, ele decide adivinhar seu peso.

Oh, o mesmo de ontem.

VINTE E NOVE
Um giro em Los Angeles

LOS ANGELES, 2008
Estamos aqui em viagem de negócios – negócios de meu marido – por quatro dias. Eu o acompanho. Para ver meus amigos. Fazer compras na Montana Avenue. Todos os amáveis vendedores da Barneys New York/Los Angeles, que me dão as boas-vindas com os braços abertos, amostras grátis e convites para comes e bebes.

SÃO TRÊS HORAS DA MANHÃ E EU ESTOU TOTALMENTE DESPERTA.

Meu marido dorme profundamente.

Estou me revirando na cama há tanto tempo que parece ser um ano inteiro.

Não consigo conexão com nenhum provedor de Internet. Desço para o centro comercial no segundo andar. Estou vestida com uma camiseta de tamanho maior que o meu e calças de pijama de flanela. Estou inchada. Ando tomando uma mistura de ervas, que comprei de um chinês com uma longa lista de qualificações que ele exibe com muitos hífens – especialista em ervas e artista, entre outras – do Abbott--Kinney Boulevard; ele me diz que é para o inchaço, retenção de líquidos e talvez, possivelmente, para distúrbio da tireoide. Eu pago uma pequena fortuna por essas ervas. E o inchaço não está diminuindo absolutamente nada. Não estou urinando entre oito e dez vezes ao dia, conforme ele prometeu. Estou, no entanto, bebendo "galões" de água, conforme ele prescreveu. Basta dizer que pareço grávida de quatro meses. Está ocorrendo uma festa ao som de rock no primeiro andar.

Fico surpresa ao ver uma mulher jovem e bonita sentada em frente ao computador. Pergunto por quanto tempo ela ainda irá ocupá-lo. Ela responde com um *oh, vinte e cinco, talvez trinta, quarenta, quarenta e cinco minutos.* Eu aponto para o pequeno aviso impresso acima do computador: FAVOR RESPEITAR O LIMITE MÁXIMO DE QUINZE MINUTOS NO USO DO COMPUTADOR. Eu pergunto por quanto tempo ela já o usou. Uma pergunta perfeitamente justa. Ela olha para mim, com sua pele fresca e penteado perfeito, cílios pintados de azul e balanço de Jimmy Choo ao ritmo da música que vem do primeiro andar. *Ela me fulmina com um olhar cuja intenção é me intimidar.*

E eu fico intimidada.

Afinal, sou eu a que está vestida com calças de pijama.

"ESCUTA AQUI", eu digo com as mãos firmemente plantadas nos quadris cobertos com o pijama de flanela, tentando comprimir o inchaço para me mostrar ousada e, ao mesmo tempo, obter sua simpatia: "SOU UMA MULHER NA MENOPAUSA."

"Caramba, você não parece TÃO velha assim."

Eu chego mais perto dela

"Verdade? Quantos anos você me dá?"

Ela me sonda.

Seu olhar percorre-me rapidamente de cima a baixo.

"*Ah, não sei, talvez quarenta... e três, quarenta e quatro. Mais ou menos.*"

"Mais ou menos quanto, um ano... três anos... dez anos?" Eu continuo tentando arrancar a verdade dela.

"*Quarenta e três. É isso mesmo, você aparenta ter quarenta e três anos.*"

Eu quero ter essa mulher como minha amiga. Penso no que dizer, para quebrar o gelo. Vendo que ela está usando o teclado do computador para escrever, pergunto se ela está usando o Google.

Ela assente. E, em seguida, diz a parte mais interessante: "*Um antigo namorado. Um total fracassado.*"

Está feita a amizade.

Ela desce para a festa de rock no andar de baixo; eu subo quatro andares até o meu quarto.

Enfio-me na cama. Enquanto observo meu querido marido dormir — com venda nos olhos, tampões nos ouvidos e um tapa-boca para a saliva não escorrer — não consigo deixar de pensar:

Poderia ter mais sorte do que tenho?

TRINTA
Filha órfã de mãe
Bea – Parte 4

ESTOU VISITANDO MINHA MÃE PELA TERCEIRA VEZ EM SETE MESES. Ela passou rapidamente de *um modo de vida independente* para um de *total dependência*. Passo uma semana inteira com ela. Basta dizer que este pacote inclui tudo: sete dias e seis noites, todas as contrariedades e mais a viagem de avião. Esse pacote específico não tem descontos nem restituições.

O primeiro "dia" transcorre sem qualquer transtorno.

Estamos no meio da noite. Eu, como de costume, não consigo dormir. Estou lendo o livro *Always Maintain a Joyful Mind*. Minha mãe entra no quarto de hóspedes. Fica parada ao pé de minha cama. Ela quer que eu vá dar um jeito na bagunça "lá dentro". "Lá dentro" é o quarto dela.

O quarto dela fede como se fosse uma caixa sanitária de gatos.

Essa não é a mãe que eu conheço.

Mas ainda assim é ao mesmo tempo exatamente a mãe que eu conheço. Dá para entender? Fico chocada com o grau de sua deterioração num período de tempo relativamente curto. Fico chocada, triste e, verdade seja dita, também profundamente constrangida. Ela não toma mais banho diariamente (aliás, nem semanalmente), usa uma caneta Sharpie em lugar de lápis para sobrancelhas, e anda com roupas sujas e manchadas. Isso me deixa *profunda e dolorosamente* constrangida. Agora eu sei como ela se sentia quando eu, na adolescência, estava atravessando a fase rebelde de "vou largar a escola para viver numa comunidade".

Enquanto removo os lençóis molhados, substituindo-os por limpos, ela fica ali parada nua, revirando seu armário. Procurando desesperadamente por um roupão, "seu roupão preferido". Pergunto a ela como é esse roupão – para quem sabe eu conseguir encontrá-lo. "*Ajudar-me a encontrá-lo?*" ela responde num tom que, por ser tanto odioso como condescendente, me leva diretamente de volta à minha infância.

EU SOU AGORA UMA MENININHA FAZENDO COMPRAS COM SUA MÃE.

Abraham & Straus. Ou, como nós as meninas de *Long Island* costumávamos dizer, A&S. Minha mãe era uma consumidora. Em certos dias, ela era uma consumidora guerreira e feroz. Agarrando, pegando com as mãos, amontoando peças, empilhando sobre os dois braços tudo que conseguia carregar. Essa imagem poderia ser igualada à de uma mãe com um bebê no colo, embora a minha nunca fosse vista embalando um bebê ou criança de colo, muito menos em seus braços.

Havia ali, na loja A&S, tal VORACIDADE FRENÉTICA por conjuntos de malha e calças e peças Pucci e saídas de banho e mais peças e sapatos e botas em liquidação. Eu tento me agarrar a ela, puxando-a pelo suéter, porque ela não tem nenhuma mão livre para eu segurar, enquanto abrimos caminho para o provador, onde passaremos boa parte da tarde com minha mãe provando cada uma daquelas peças com um cigarro pendurado na boca. Quando penso nisso hoje, fico surpresa com o fato de nenhuma daquelas lojas de departamentos ter pegado fogo enquanto todas aquelas mulheres giravam para se ver de todos os ângulos possíveis diante do espelho de três faces. Talvez seja *esse* o milagre das compras.

Minha mãe sempre procurava o último provador nos fundos. Eu não faço ideia de por que ela fazia isso e, mesmo depois de muitos anos de prática budista, e alguns chapinhando em terapia, eu nunca toquei nesse assunto específico. Mas, pensando melhor, o fato de ir bem para os fundos, enfiar-se num canto, fora da vista... nele provavelmente está a resposta para todas as minhas neuroses e meus medos profundos.

Eu ficava sentada numa cadeira. Dava minha opinião apenas quando era solicitada. E, na maioria das vezes, eu não era *solicitada* com palavras; eu era solicitada apenas com o olhar ou um gesto, como uma sobrancelha erguida, uma piscadela ou um dar de ombros, como se perguntasse: *"O que você acha?"* E minha opinião era praticamente sempre a mesma:

"Você é tão bonita, mamãe!"

Minha mãe não queria que eu fosse espirituosa, inteligente, atrevida ou arrogante. Ela me queria pequena e invisível. Ela queria me ver agarrada a ela, puxando-a quando ela andava à minha frente. E EU QUERIA APENAS ESTAR PERTO DELA. *Eu adorava vê-la provando roupas: examinando cada ângulo, contraindo a barriga, observando o traseiro, com as mãos nos quadris, inclinando-se para o espelho e recuando para ver-se de perfil. Ajeitando o cabelo. Apertando as bochechas. Contraindo os lábios. Era uma representação. E então, quando terminava de provar todas aquelas roupas, provava-as novamente para* comparar e avaliar, ela lia todos os itens das etiquetas: Tipo de lavagem. Lavagem a seco. Algodão. Seda. Linho. Lã. Poliéster. Caxemira. E então, tomada a decisão final, ela começava a dobrar cada peça de roupa que ela havia decidido comprar, para que todas as dobras ficassem perfeitamente emparelhadas.

Enquanto se despia, ela colocava o cigarro no cinzeiro. E de repente, eis que ela estava visível. Sua vagina. É claro que eu já a tinha visto: no chuveiro, na banheira, quando ela se trocava para sair com meu pai. Eu tinha visto muitas vezes sua vagina, mas num provador? *Isso* não era permitido. Era uma regra, uma lei. Proibido. Havia cartazes dizendo que era obrigatório o uso de *roupas de baixo* para provar as peças. Especialmente trajes de banho. Minha mãe transgredia as regras e eu era testemunha.

"Mamãe?"

"SIM, AMY."

"Mamãe, você está sem calcinha."

Ela se abaixa – agachando seu corpo nu diante de mim e em voz baixa me diz: "VOCÊ SABE QUE A MAMÃE NÃO GOSTA ÀS VEZES DE USAR CALCINHA."

Eu assinto.

"VAMOS MANTER ISSO COMO NOSSO SEGREDO, TUDO BEM?"

Eu assinto.

"VOCÊ SABE O QUE ACONTECE COM AS MENININHAS QUE GUARDAM OS SEGREDOS DE SUAS MAMÃES?"

"Não, o quê?"

"ELAS GANHAM PRESENTES."

Eu sorrio.

E então a ameaça – a advertência cruel, condescendente e terrível: "E VOCÊ SABE O QUE ACONTECE COM AS MENININHAS QUE NÃO GUARDAM OS SEGREDOS DE SUAS MAMÃES?"

Não, eu balanço a cabeça, não sei.

Ela dá uma tragada. Solta a fumaça.

E com muita e deliberada precisão:

"DEUS AS CASTIGA."

Ela se coloca em pé. Estou frente à frente com sua vagina.

Talvez pelo tom de voz quando ela disse "Deus as castiga". Ou talvez pela maneira com que ela não me deixou segurar sua mão depois de termos saído do provador. Talvez pelo silêncio durante o percurso de carro ou pela maneira com que ela fechou – batendo – a porta de seu quarto quando chegamos em casa. Ou talvez, apenas talvez, pela maneira com que ela disse *"Ajudar-me a encontrá-lo?"* Mas foi onde a menininha naquele vestiário e a mulher adulta trocando os lençóis da cama de sua mãe tornaram-se uma só, se fundiram, ficaram ombro a ombro.

Minha mãe encontra seu roupão preferido. Pendurado num gancho atrás da porta de seu quarto. Ela está de novo deitada em sua cama. Agora com lençóis limpos. Eu apago a luz. Ela me diz muito obrigada. Eu digo que não foi nada e que durma bem.

Então, quando estou fechando a porta de seu quarto, ela diz:

"Eu nunca quis que alguém amasse você. Eu queria que todos me amassem."

É nesse ponto que a menininha e a mulher adulta se distinguem.

A Amy adulta se enfia na cama com sua mãe e abraça-a. Ela diz para sua mãe que não precisa mais de seu amor da maneira desesperada com que a necessitara quando pequena. Ela diz para a sua mãe que já tem muito amor em sua vida, uma abundância que a preenche plenamente.

A mãe parece extraordinariamente aliviada ao saber disso. Um peso removido de suas costas. Em seguida, ela pergunta: "Você me ama?" E Amy responde: "Sim."

A mãe adormece – em seus braços – como um bebê.

TRINTA E UM
Uma nova guinada

Às vezes, no meio da noite, quando tudo está em silêncio e eu acredito que qualquer coisa seja possível, eu me vejo, em minha imaginação indomada, como uma cartunista da revista THE NEW YORKER.

Eu adoraria ser uma cartunista do tipo Gahan Wilson. Mas não sou.

(Para quem não conhece os cartuns de Gahan Wilson, eles são traços rabiscados em preto e branco, muito neuróticos, à maneira típica de Nova York.)

Cirurgiões
Mercado de alimentos integrais
De plástico... ou de papel?

TRINTA E DOIS
Eu avanço o sinal vermelho

Este é um daqueles momentos que "você tinha de presenciar".

SÃO DUAS E MEIA DA MADRUGADA. Estamos indo de carro de nosso apartamento em Nova York para nossa casa na Pensilvânia. Isso não é, de maneira alguma, algo que eu goste de fazer. Estou tão irritada e contrariada que espero que Ken me ache instável demais para viajar com ele no carro. Mas não tive essa sorte. Ele percebeu minhas intenções. É algo que ele adora fazer. Na categoria de COISAS QUE ADORO FAZER, eu sempre tenho uma longa lista ou, no mínimo, uma lista relativamente longa. Ela inclui: viajar para Paris, fazer tratamento facial, hospedagem em hotéis de quatro ou cinco estrelas, com serviço de quarto, folhear catálogos no meio da noite, assistir à série *Mad Men* na

TV e visitar o MoMa (Museu de Arte Moderna de Nova York). Ken tem duas coisas em sua lista do que "adora fazer". A primeira é jardinagem; a segunda é viajar noventa minutos de carro até a Pensilvânia em horas totalmente impróprias. Eu prefiro a jardinagem.

O diálogo seguinte é apenas um breve resumo de nossa conversa particular.

AMY: Por favor, querido, dirija mais devagar.
KEN: Eu já estou dirigindo mais devagar, querida.
AMY: Mais devagar que quando?
KEN: Mais devagar do que da última vez que você me pediu, querida.
AMY: Tudo bem (*seguido de um suspiro profundo, alto e detestável*), obrigada.
KEN: O que foi?
(*Silêncio por mais ou menos dez minutos, até que...*)
AMY: Por favor, Ken, dirija mais devagar.
KEN: Eu já estou dirigindo mais devagar.
AMY: Mais devagar que quando?
KEN: DO QUE DA ÚLTIMA VEZ QUE VOCÊ ME PEDIU.
AMY: EU NÃO ACREDITO.
(*Silêncio de novo. Mais dez minutos, até que...*)
AMY: REDUZA A VELOCIDADE.
KEN: VÁ VOCÊ PRO INFERNO!

AMY: NÃO, NÃO, É VOCÊ QUEM VAI PRO INFERNO, KEN. QUERO QUE VOCÊ SE DANE!!!!!

Ken: muito bem. Chega! Desça já do carro! Eu vou encostar a droga deste carro e quero você fora dele imediatamente. Basta de encheção!

Amy: Tudo bem, certo, VÁ TOMAR NO RABO!

Ken: (Gesticulando para mim) Sim, certo.

(Ken não usa esse xingamento. Acha nojento e de mau gosto e, como ele é um ser humano muito melhor do que eu, ele se controla para não devolvê-lo.)
(Suspiro.)
AMY: POR FAVOR, DIRIJA MAIS DEVAGAR.
KEN: VOCÊ DIRIGE.
AMY: EU NÃO QUERO DIRIGIR. SE QUISESSE, JÁ ESTARIA DIRIGINDO.

Ken: Você está dirigindo.

Não conseguimos mais olhar um para o outro. Eu me espremo entre o assento e a porta do carona. Minha linguagem corporal diz: tensa, de saco cheio, não me toque. Ken olha pela janela, está resmungando por trás da respiração, posso jurar que ouço seus palavrões, mas decido ignorar seu comportamento infantil. No entanto, aposto que *ambos estamos* tramando planos sórdidos para nos divorciarmos.

VOCÊ ASSUME O VOLANTE.

TRINTA E TRÊS
O peso da idade

EU DIGO A KEN QUE ESTOU SOFRENDO DE SECURA VAGINAL. Ele me olha como se eu o estivesse culpando por isso. Ele endireita as costas, inclina a cabeça e aperta os lábios. Ele diz que foi meu jeito de falar – o tom de minha voz – que o fez sentir que eu estava apontando o dedo proverbial para ele. Eu digo que foi sua interpretação do meu jeito de dizer que o pôs na defensiva. Essa é uma daquelas situações da qual ninguém sai ganhando.

Eu digo que o simples fato de ele necessitar fazer sexo muito mais regularmente do que eu não constitui nenhuma razão para ele pensar, nem por um segundo, que a minha dor e desconforto, além de minha vaginite por atrofia crônica, não existam por que ele tem necessidade premente de mostrar que ainda é viril. Ele diz que eu bem que poderia me masturbar. EU DIGO QUE ESTOU DEMASIADAMENTE SECA.

É possível que haja uma solução. Estou diante do computador pesquisando *secura vaginal* no Google e tenho o enorme prazer de descobrir que há mais de um milhão de sites dedicados a esse tema.

Eis uma lista parcial deles:
Yesyesyes.org
Amazingsolutions.com
Ceebai.com
Sylkonline.com
Seniorhealth.com
Vaginaldiscomfort.com

E o meu favorito:
POWER-SURGE.COM

Cada um dos sites dedica um bom e sólido parágrafo a como ninguém fala sobre intercursos dolorosos. Eu tomo a liberdade de discordar. Eu falo sobre isso todo santo dia para quem quer que esteja disposto a ouvir. A ardência, a coceira, a irritação e, em meu caso particular, acrescente-se o fato de eu sofrer de artrite no pescoço, o que torna a posição deitada insuportável. Eu costumava ser espontânea e sensual – uma fêmea de salto alto, bem, talvez não uma fêmea de salto alto, mas um salto de princesa de uma ou duas polegadas sempre elevou meu ânimo – agora eu preciso de almofadas e suportes e halteres de um quilo em torno dos tornozelos para não perder o equilíbrio. No site VAGINALDISCOMFORT.COM, dizem que isso tudo faz parte do processo de envelhecimento; e no fuckingtoomuch.com, eles acreditam que tudo isso é consequência de a pessoa ter sido extremamente promíscua na juventude; e nos YESYESYES.COM, eles defendem ardentemente que se diga não-não-não à secura vaginal com o uso do Gel K-Y e determinado produto espumante que, de fato, reveste a parede vaginal com algum tipo de substância pegajosa que permite a você manter uma atitude saudável. Nenhum deles, no entanto, recomenda um regime de prática sexual de sete dias e sete noites; o visitante tem de se tornar cristão para entrar naquele site.

EU ESCREVO UM E-MAIL PARA O MEU MÉDICO NO MEIO DA NOITE. No item assunto, eu escrevo em letras maiúsculas: PESSOAL. Eu tento me expressar com o máximo de leveza e bom humor possível, sabendo que é apenas uma forma de encobrir meu profundo sentimento de humilhação e de mascarar todos os outros sentimentos verdadeiros: FIQUE LONGE. EU SIMPLESMENTE NÃO ESTOU A FIM. É uma mensagem simples, engraçada e divertida. Eu clico no ícone enviar e sigo fazendo outras coisas.

Fico surpresa ao ver que ele responde em dez minutos. No início, acho isso tão legal e extraordinário: Meu médico – meu médico pessoal, não algum *doutor virtual sem rosto*, um especialista que, em linguagem técnica, faz acreditar que é um médico – está conectado à Internet às 3h17 da madrugada e, quando estou prestes a responder seu e-mail, penso:

Espera um pouco, isto que está ocorrendo parece uma conversa pelo Instant Messenger com meu médico no meio da noite, querendo saber sobre supositórios e cremes vaginais para eu poder fazer sexo – sexo confortável e prazeroso – com meu marido.

Oh, fico arrepiada.

Trato de me desconectar imediatamente.
E, como medida de prevenção, eu desligo o computador.

TRINTA E QUATRO
Simplesmente dizer não

Ora, vamos ser sinceras, quantas de nós dizem sim quando, na realidade, no fundo, desejam dizer não? Quem não faz isso que levante a mão. Da minha parte, eu fico deitada na cama pensando em todas as coisas corriqueiras para as quais eu deveria dizer não, mas digo sim. Tal lista poderia incluir itens como: CASAMENTO, AMIZADE, FAMÍLIA, TRABALHO, VIDA PROFISSIONAL E SEUS OSSOS DE OFÍCIO e CONHECIDOS. *Tudo que vai desde "É claro que eu sei fazer panquecas com doce de frutas frescas" até "É óbvio que eu posso largar tudo para ir com você fazer compras" e "Com certeza, eu posso lhe emprestar dinheiro – afinal, eu sou uma caixa automática."*

ESSE É UM VÍCIO. Estou pensando em criar uma nova organização baseada no programa de doze passos: o dos *cordatos anônimos*. Tenho certeza de que posso encontrar muitas pessoas para fazer parte do grupo. Esse é um tema que tenho discutido com muitos amigos – tanto homens como mulheres – que sofrem dessa mesma compulsão, embora, segundo a minha amiga Claire, não se trata de uma compulsão, mas de uma doença, que pode até ser passada hereditariamente. Eu quero dizer a ela: *"Não, você está equivocada. Não é uma doença, é um vício, e ninguém pode passar adiante o gene do sim, embora possa aprender com um dos pais a ser extremamente passivo, como também adquirir a incapacidade de assumir compromisso"*,

mas é claro que eu digo sim, você está certa, isto é uma doença.

Eu li muitos livros e artigos sobre esse assunto, desde uma coluna semanal até uma sessão mensal de Perguntas e Respostas.

ESSE SE TORNOU UM TEMA DE DISCUSSÕES ACALORADAS. Parece que, juntamente com a síndrome das pernas irrequietas, a incapacidade de dizer não é um tema popular nas discussões virtuais, para não mencionar as convencionais. Isso me desperta muita curiosidade, algo que muitas vezes chega a me incomodar. Às vezes, me pergunto, em voz alta, como se lidava com esses problemas alguns anos atrás. Tenho certeza de que as pessoas sofriam da síndrome das pernas irrequietas vinte e cinco anos atrás e mais certeza ainda de que, no começo dos tempos, as pessoas diziam sim quando queriam dizer não – particularmente as mulheres – começando com um oh, não sei, talvez. Será que tudo isso pode ser colocado na categoria "SENILIDADE" ou "INSANIDADE?" Será que as pessoas eram submetidas à lobotomia e tratamento de choque por esse tipo de comportamento? Ou será que isso entrava na categoria de "MENTIRAS PATOLÓGICAS"? Atualmente, existem livros, workshops, remédios, retiros de final de semana e posturas de yoga para lidar com esses problemas. Naquele tempo, as pessoas davam sua palavra e se deixavam corromper. E pensar que existem aqueles que não acreditam em evolução.

Como de costume, eu, em todo caso, faço minhas digressões. Eis a minha lista de livros e/ou artigos preferidos sobre como expressar um bom e sonoro não.

The Dis-ease To Please
The Power of No
A Happy No Is a Happy Family
The Power of Yes
The Torment of Withholding
The Real You, the Fake You
The Bigger the No, the Larger the Yes
Fuck You, Fuck Me, Fuck No!
The Weak Say Yes, the Strong Say No, and the Enlightened Human Being Says: Maybe!

MEU MARIDO GOSTARIA QUE EU ACRESCENTASSE UM APARTE DIZENDO QUE NÃO TENHO NENHUM PROBLEMA EM DIZER NÃO A ELE.

TRINTA E CINCO
Um belo cartaz de filme imaginário

Às vezes, quando não consigo dormir e estou entediada, eu tento me animar lembrando de um filme envolvendo companheirismo tipicamente masculino ou de um daqueles filmes violentos, vulgares e repulsivamente masoquistas, ao qual eu dou minha própria interpretação feminina/feminista.

Imagine, agora, um cartaz: em tom sépia, da virada do século. Uma mulher parada num campo, atrás de um navio petroleiro – ela parece não saber absolutamente o que fazer. Tem os braços e os pulsos estendidos para o alto. No canto extremo do pôster, sua família se espreme, evidenciando claramente o medo que tem dela.

NENHUM DERRAMAMENTO DE SANGUE

Com Daniel Day-Lewis desempenhando o papel de uma mulher na menopausa que deixou de menstruar.

<small>Uma história épica de amor:
A garota encontra seu Eu.</small>

TRINTA E SEIS
A cidade nua

MUITOS ANOS ATRÁS, quando trabalhava como roteirista de cinema no ritmo de Hollywood, eu era muito amiga de um sujeito (que deve permanecer anônimo) que era (e continua sendo) executivo de um importante estúdio cinematográfico. Nós éramos "bons amigos", não do tipo de "amizades interesseiras" – daquele tipo que, você sabe, obtêm favores sexuais e ocasionalmente dormem juntos – mas *simplesmente* bons e velhos amigos.

Ele morava numa grande mansão no alto da Mulhholland Drive. *Bem, eu gostaria de começar dizendo que tinha ido muitas vezes até sua casa, mas nunca havia* ENTRADO *nela. Eu estava em Los Angeles a trabalho e íamos sair para jantar. Em vez de nos encontrarmos no restaurante, eu prometi que passaria em sua casa para buscá-lo. Quando cheguei diante de sua casa, senti uma necessidade incontrolável de urinar. Toquei o interfone e pedi para entrar, mas ele respondeu que já estava de saída. Eu disse* "NÃO, NÃO, NÃO... *preciso ir ao banheiro". Ele disse* "NÃO, NÃO, NÃO... *Eu já estou de saída.* "VOCÊ PRECISA ME DEIXAR ENTRAR!"*eu supliquei.*

"VOCÊ VAI TER DE SE SEGURAR!", ele foi inflexível. *Eu fiz um tremendo escarcéu: Se ele não me deixasse entrar, eu ia urinar em seu Porsche. Silêncio mortal.*

Ele tinha uma relação muito estranha com seu Porsche. Estou falando sério e me baseio em provas – *se ele* PUDESSE FAZER *filhos com seu Porsche, ele* FARIA. *Foi com muita relutância que ele me deixou entrar. Ao entrar em sua casa, vi que não havia absolutamente nenhum móvel, com exceção de um colchão no chão, um telefone com muitas linhas ao lado dele e, no canto da sala espaçosa, um aparelho de TV e outro de videocassete.* A CASA DELE, EXATAMENTE COMO O ARMÁRIO DE COZINHA DA MÃE HUBBARD, ERA COMPLETAMENTE VAZIA.

Eu nunca mais consegui olhar para ele da mesma maneira depois daquele dia.

A VERDADE É ESTA: POR TRÁS DA PORTA É QUE SE ESCONDE TODA A VERDADE.

E isso me leva ao meu guarda-roupa.

Meu guarda-roupa contém uma coleção de peças do tempo em que eu usava o tamanho dois. Eu diria que bem uns 65% das roupas guardadas em meu armário não apenas não cabem mais em mim, mas também, como um aparte, que elas não são atraentes penduradas nos cabides.

Uma dessas ocasiões no meio da noite, em que fico me perguntando se *"Deveria ler outro livro?"*, eu tenho uma experiência daquilo que parece ser uma epifania: *Aha.* E penso: *É a ocasião perfeita para limpar o guarda-roupa.* Ela me dá tanto algo para fazer como a oportunidade para refletir sobre uma vida bem vivida. Ou talvez fosse mais apropriado dizer uma vida bem gasta. Enquanto reviro meu armário, imagino cada peça de roupa – *que, depois de mais ou menos uma hora, estou jogando num enorme e forte saco de lixo preto que vou largar anonimamente na sede local do Exército de Salvação* – tendo seu próprio episódio no History Channel. Cada peça de roupa tem seu "momento de verdade", se você preferir.

Há oito milhões de histórias em meu armário.

O MINIVESTIDO PRETO SPANDEX:
um conto sombrio de desespero e amor não correspondido.
Ama-me, ama-me, *AMA-me*! Por favor, por favor, POR FAVOR!
O SUÉTER ATÉ O MEIO DAS COXAS COM OMBREIRAS:
uma história de vergonha, culpa e consumo ilegal de álcool, para não mencionar uma escadaria, um salto quebrado e um homem sem rosto/sem nome e um percurso extremamente longo de táxi até o Upper West Side.
A LONGA CAPA NORMA KAMALI IMPERMEÁVEL CINZA COM DUAS FILEIRAS DE BOTÕES E CINTO:
a história que se desenrola na espelunca de um clube noturno, um rompimento muito triste e infeliz e que acaba numa chamada telefônica aos prantos no meio da noite.
O PAR DE JEANS CALVIN KLEIN TAMANHO 4:
Será que esse tem mesmo a necessidade de contar uma história?
O XALE DIANE FURSTENBERG TAMANHO PEQUENO:
a história de um encontro infeliz, com vômito e uma borrifada de *eau* de infidelidade.
O CONJUNTO FORMADO POR CALÇAS-BALÃO DE CINTURA ALTA E COLETE:
a história de uma roteirista de cinema numa malfadada entrevista.
O QUE PARECE SER UM LARGO CINTO PRETO DE COURO, MAS É UMA MINISSAIA:
Essa peça não tem nenhuma história para contar, pois nenhum corpo poderia usá-la.

UM SCHMATA LONGO ATÉ OS TORNOZELOS COM ESTAMPA FLORIDA:
Esse poderia contar uma destas duas histórias – a história de brincar de esconde-esconde com o próprio corpo (*"Veja aqui, eu encontrei minha perna."*) ou a tentativa de ser Amish.

UM TERNO GIORGIO ARMANI DE TWEED PRETO E BRANCO TAMANHO 4:
a história de uma pobre escritora lutando para se tornar uma celebridade, mencionada com muitos hífens: "Escritora-chama-atenção-por-seu-bom-gosto-para-não-mencionar-o-grande-equilíbrio-em-seu-cartão-Visa."

O MACACÃO BETSEY JOHNSON DE VELUDO ENRUGADO, COR PÊSSEGO, COLADO À PELE, TAMANHO P (PEQUENO):
a história de uma futura rock star que começa como tiete de uma banda local que não toca em parte alguma e não tem nenhum fã-clube.

UMA VELHA CAMISA SURRADA DE FLANELA MACIA:
a história de uma peça de roupa que nunca jamais sai de moda.
E...

UM VESTIDO DE NOIVA LONGO, SENSUAL E SEM COSTAS, BRANCO-AMARELADO, TAMANHO 4:
a história de uma relação com final feliz. Amy e Ken.

Este fica no guarda-roupa.

TRINTA E SETE
Kathy

Kathy morreu dormindo.
ELA ERA A MINHA MELHOR AMIGA.

Do tipo que me incentivou a ser escritora, a casar com Ken, a deixar de ser comodista, a correr riscos, a me esforçar mais, a ser mais amável comigo mesma, a amar mais a mim mesma e menos aos outros, a criar, a dividir com os outros, a perdoar, a não apenas praticar o budismo, mas também a ser um buda, a visitar minha mãe, a confrontar meu irmão, a exigir justiça, a denunciar o autodesprezo, a encontrar uma boa pechincha, a gastar menos com sapatos e passar mais tempo com Ken, a escrever o que sinto e parar de me preocupar com o que os outros pensam.

O TIPO DE MELHOR AMIGA QUE DIZ NA CARA QUANDO VOCÊ TROCA OS PÉS PELAS MÃOS, que dá o ombro quando a dor de um rompimento parece tão insuportável que você não acredita nem por um segundo que ela algum dia vá passar e que diz quando você está soluçando com o nariz enfiado em seu suéter preferido: *"Pro inferno com ele! Ele terá a morte solitária de um homem triste e patético que nunca mereceu você."*

Sim, desse tipo de melhor amiga.

Kathy tinha câncer de mamas, que, depois de uma remissão de alguns anos, voltou e se espalhou por todo o corpo como fogo selvagem – por seus seios, pulmões e ossos. *Nós nos conhecíamos havia quase trinta e cinco anos.* Depois do casamento com Michael, ela mudou-se para Maryland e perdemos o contato por alguns anos; voltamos a nos encontrar e, por um período de dez anos nos falamos duas vezes por semana e nos vimos cinco ou seis vezes por ano. Nos últimos dois anos de sua vida, nos falamos todos os dias. Ela seguia uma dieta muito rígida de purificação, feita de líquidos. Juntamente com Michael, todos os seus amigos (que eram muitos) dividiam-se para cuidar dela. Mas o que mais me impressiona em Kathy até hoje foi SUA OBSTINADA GENEROSIDADE. Ela sempre quis que eu conhecesse Tina, Tina Smith, mas, por motivos diversos, nunca havíamos nos encontrado pessoalmente. Ela sabia tudo a meu respeito e eu sabia tudo a respeito dela. Kathy adorava dividir os amigos. Ela simplesmente adorava. Mas não insistia em nos pôr em contato. O que acabou acontecendo. Kathy nos apresentou dizendo: *"Eu amo vocês duas; por favor, amem-se."* Posso hoje ter o grande prazer de afirmar que Tina é uma de minhas amigas mais queridas. Tina é o tipo de amiga a quem você pode contar qualquer coisa e ela, sem dúvida, por sua sabedoria, terá a melhor resposta e levará você ao lugar certo, mas quando você chegar lá, Tina será aquela que estará pronta a segurar sua mão e guiar você na travessia do obstáculo, porque ela já esteve lá. Tina é uma amiga leal. Um presente de Kathy.

Quando vi Kathy pela última vez, ela não conseguia andar muito bem. Estava fraca e magra, mas absolutamente deslumbrante. O espírito dela não se deixara abater pela doença.

Nós estávamos enroscadas em seu sofá e eu perguntei se ela pudesse fazer algo, o que quer que fosse, o que ela gostaria de fazer. *Ela disse que ia querer voar, voar de verdade, abrir os braços e simplesmente.... voar.* EU ACHAVA QUE ELA IRIA DIZER: "EU IA QUERER FICAR CURADA." Mas essa não era Kathy. Kathy não alimentava nenhum pesar. Ela não via o câncer como alguma contrariedade, mas como parte de uma vida maior. Ela vivia. Ela amava. Ela lutava. Ela era vitoriosa. Ela sentia uma grande tristeza. E uma grande alegria. Ela sofria decepções. Tinha grandes conquistas. Ela tinha Michael. Ela o amava loucamente. Ele a amava mais ainda. E, ah sim, a propósito, ela tinha câncer.

Algumas noites depois, de volta à minha casa, eu sonhei que Kathy estava parada à beira de um rochedo e que então... ela voou. Eu fiquei vendo-a voar. Eu acordei sobressaltada, sabendo que Kathy havia acabado de morrer.

Era no meio da noite.

O TELEFONE TOCOU.

Era Michael.
Ele acordou (de um cochilo na poltrona), sentindo de repente um profundo e imenso vazio, foi até o quarto e encontrou Kathy completamente em paz.

Eu tenho de dizer que foi um enorme prazer ter podido vê-la voar, mesmo que tenha sido para longe de mim.

TRINTA E OITO
Nove anos e meio
Ou mais conhecida como depressão que ataca às 3h47 da madrugada

Estou tentando ficar mais à vontade com meu corpo. Não é nada fácil para mim. E, para ser honesta, não conheço pessoalmente muitas mulheres (bem, talvez uma) que consigam ficar nuas frente a um espelho de corpo inteiro sem suspirar alto diante da imagem de seu corpo sob os efeitos da menopausa. Não conheço realmente nenhuma. Até mesmo as mais ferrenhas feministas de minhas amigas, quando diante de seus espelhos, ficam um pouquinho (sim, sejamos honestas) atormentadas por não reconhecerem mais o próprio corpo e nem desejarem levá--lo ao cinema ou a um jantar fora. Houve um tempo – eu era mais jovem, muito mais jovem – em que meu corpo era deslumbrante, não menos que o corpo de Kim Basinger em *9 ½ Semanas de Amor*.

Tudo bem, eu admito ser essa uma mentira deslavada. Se eu tivesse o corpo de Kim Basinger, eu teria me tornado uma dançarina do gelo profissional, e não uma jogadora de boliche amadora. Mas o problema é que EU NUNCA JAMAIS QUIS SABER DE FAZER EXERCÍCIOS. Nunca. Sempre matei as aulas de educação física. Também matei todas as outras aulas, mas essa é outra história, outro capítulo. Minha mãe dizia que eu tinha uma tremenda sorte por ter um corpo tão maravilhosamente esbelto. E também me dizia, no mesmo fôlego, que sorte – como qualquer outra coisa – era algo que podia ser tirado de mim repentinamente. Eu tinha, portanto, a sorte de ter um corpo maravilhosamente esbelto, mas também era totalmente consciente e conhecedora do fato de que toda essa sorte me seria tirada a qualquer momento sem aviso prévio. Vamos colocar a coisa nos seguintes termos: Eu não coloquei todos os meus ovos bem cozidos num único cesto. Mas em vez de me estender sobre isso, prefiro dar um salto para a frente.

MEU CORPO:

EU QUERO *ser desinibida.*

EU QUERO *aceitar minha cintura excessiva.*

EU QUERO *amar meu corpo; quero aceitar essa nova voluptuosidade (sim, essa palavra é uma inovação, uma combinação de voluptuoso e sexualidade), que até ontem eu chamei de roliço e gordo.*

EU QUERO *me sentir íntima com minha sensualidade e sexualidade ao fazer amor com Ken, e não apenas receber passivamente. Eu acho que isso é ser "generoso e participante".*

EU QUERO *me sentir à vontade e desejável ao me aproximar de Ken usando calcinhas e sutiã sensuais, meias trançadas em rede e botas de couro preto e salto alto. Coquete. Perigosa. Venha cá, meu amor – e ver como ele se baba de desejo. Eu quero me exibir e ter prazer nisso – saborear cada instante.*

EU QUERO *ser Lena Olin em* A Insustentável Leveza do Ser *por apenas uma noite.*

Mas...

Não consigo deixar de me sentir estúpida e vazia. É mais ou menos como quando acaba a gasolina e o motor dá uns sacolejos e arrancos, mas acaba aí. Para de funcionar.

A verdade é que estou aqui escrevendo, ao lado de meu marido adormecido, depois de apenas algumas horas ele ter tentado me convencer de que eu era a mulher mais linda que seus olhos jamais haviam visto.

O QUE EU REALMENTE, PROFUNDAMENTE E VERDADEIRAMENTE QUERO É ISTO:

Não sentir mais vergonha da transformação de meu próprio corpo.
Quero poder me olhar no espelho – de corpo inteiro, da cabeça às pontas dos pés, e me sentir inteiramente satisfeita ante à constatação de que há tanto mais para amar.

TRINTA E NOVE

O clube que me aceita como sócia

E sei que vou perder amigos por causa deste capítulo.

Não por revelar seus nomes, mas porque eles irão se perguntar, provavelmente no meio da noite, se este capítulo é de fato especificamente a seu respeito. Eu posso agora dizer que: SIM.

Você conhece alguém que SÓ liga quando: *está enfrentando algum problema ou desafio, se sentindo infeliz, sem sorte, miserável, desesperado, amargurado, furioso, se relacionando mal com os colegas de trabalho, sem namorado, preso no metrô ou no trânsito, irritado com o motorista de táxi, achando o cabelo crespo ou liso demais, curto ou comprido demais, as unhas manchadas, a maquiagem escorrendo, as pernas cansadas, os vizi-*

nhos barulhentos, mercúrio em movimento retrógrado, os planetas desalinhados, os gatos não estão fazendo cocô, o cachorro está urinando em todos os lugares, está fazendo frio demais, calor demais, não consegue suportar o aquecimento e odeia a cozinha e quer saber o que tem de tão maravilhoso na queda de folhas multicoloridas no outono?

E nunca para perguntar: "COMO VOCÊ ESTÁ?"

É só você pegar o telefone e, imediatamente, sem nenhum instante de hesitação, ouvir todo aquele despejo: pro inferno com eles, com ela, com ele, com toda a família, que todos eles se danem, mãe, eles são uns egoístas, estúpidos, comodistas, ele é cruel, ela é malvada, ela é uma filha da mãe, ele é um traste, um monte de estrume, estou sem dinheiro, sem trabalho, sem amigos, nada me satisfaz, perdi o avião, não consigo tomar um táxi, o ônibus não troca dinheiro, meu chefe é um calhorda, o proprietário do meu imóvel não quer saber de meus problemas financeiros e VOU TE DIZER MAIS UMA VEZ QUE ELE NÃO PASSA DE UM CACETE E QUERO QUE VÁ EMBORA DE MINHA CASA O MAIS RÁPIDO POSSÍVEL, MAS ELE NÃO ESTÁ DE MANEIRA ALGUMA – VOCÊ ESTÁ ME OUVINDO – ME TRAINDO.

E você anda de lá pra cá com o telefone preso entre o ombro e a orelha por bem umas duas horas, ouvindo todo aquele despejo, sem nem ao menos um: *"Ei, e você como vai?"*

Mas o mais importante: quando tudo está indo bem, quando conseguem arranjar o emprego, o homem ou a mulher dos sonhos, o trânsito está fluindo, o céu está azul, os planetas alinhados, as plantas estão florescendo, o cabelo está perfeito, o chefe é um doce de coco, as férias na Europa foram maravilhosas, o proprietário do imóvel suspendeu a cobrança judicial, o cheque chegou pelo correio e, oh meu deus, ela que achava que ia ser despedida, mas oh meu deus, teve o salário aumentado.

Quando as coisas estão andando perfeitamente bem, quando a vida é maravilhosa, quando ninguém está enchendo o saco – nenhum pio. Nenhuma palavra. Nenhum telefonema. Nenhum cartão postal "gostaria que você estivesse aqui" ou lá.

DEITADA DESPERTA eu fico me perguntando:

Por que, oh por que, por que, raios, eu vou querer pessoas como essas em minha vida?

E ENTÃO ME PERGUNTO: Devo enviar um bilhete pessoal ou simplesmente um desses e-mails que se envia para todos os contatos, supostamente ocultando os destinatários? Porque já fui repreendida (*pelas mesmas pessoas que não estão nem aí para como eu estou nem nunca dizem muito obrigado*) mais de uma vez pela inconveniência e falta de consideração por enviar mensagens em massa – sem ocultar os destinatários – durante as férias.

QUARENTA
Novas garotas no pedaço

"Eu juro que foi um acidente: ele lançou-se sobre a faca."

"Sim, foi isso, ele lançou-se sobre a faca."

Em liberdade condicional: Bella & Lotus.

QUARENTA E UM
Nas garras da culpa

ESTA CULPA ME CONSOME INTEIRAMENTE. E me mantém acordada, repassando as cenas por tantas vezes até parecer não haver mais nenhuma coerência, muito menos fazer qualquer sentido. Não existe nenhuma linha reta.

Mães e filhas, filhas e filhos, irmãos e irmãs, irmãs e mães, mães e filhos...

Este é o problema: eu não quero voltar a visitar minha mãe. Tenho toda uma série de motivos, desde pequenas mesquinharias até questões profundamente dolorosas que corroem minha mente: desde não querer passar um dia inteiro viajando para o Novo México – todas as complicações no aeroporto envolvendo o embarque e possibilidade de perder o voo (*eu sei, pequenas ninharias*) – até a tristeza que sinto quando estou lá e que fica pior ainda quando vou embora (*maior, mais compreensível e de revirar as tripas*) e a possibilidade de encontrar meu irmão, com quem eu não tenho contato há quase um ano, com exceção de um e-mail ocasional enviado por ele, a propósito, como sempre escrito em letras maiúsculas ESCANDALOSAMENTE GARRAFAIS (*Eu sei, eu sei que são bobagens típicas das relações familiares*).

Pego meu computador, coloco-o sobre uma almofada para me acomodar confortavelmente na cama e procurar pela palavra "culpa", pois estou começando a desconfiar que não é culpa o que estou sentindo. Mas antes, uma contração no joelho que pode ser confundida com culpa. Essa é uma oportunidade para esclarecer a questão. O *Encarta World English Dictionary* define culpa nos seguintes termos:

1) *Uma sensação de ter feito algo errado ou cometido um crime, acompanhada de sentimentos de vergonha e arrependimento.*

2) *O fato de ter cometido um crime ou feito algo errado.*

3) *A responsabilidade por ter cometido um crime ou feito algo errado.*

4) *A responsabilidade, conforme determinada por um tribunal ou outra autoridade legal, pelo cometimento de uma ofensa que impõe uma penalidade legal.*

Fica muito claro para mim que minha família nunca teve um exemplar do *Encarta World English Dictionary*. Talvez fosse o *Webster's* que definisse culpa como algo associado a visitas familiares, questões financeiras, telefonemas, noitadas fora de casa e rebeldia, para não mencionar toda a dinâmica da relação entre irmãos.

Muito bem, podemos descartar a culpa, pelo menos de acordo com a definição do *Encarta*.

Talvez eu simplesmente não queira de novo dizer adeus. Talvez seja assim tão simples.

Mas simples não é algo com que eu me sinto particularmente à vontade. Simples não funciona comigo. Como eu prefiro o caos emocional, com todos esses tormentos dando voltas em minha mente, penso em minha mãe, antes de tudo, como um ser solitário, não totalmente *sozinha*, mas como uma pessoa que não é dada a cultivar plenamente as relações com "família e amigos". Não funciona – ao contrário de tudo que se diz de um plano Verizon.

MINHA MÃE E MEU PAI TIVERAM, UM DIA, MUITOS AMIGOS E MUITOS FAMILIARES. Todas as noites de sexta-feira ou sábado, havia quatro, seis ou oito casais em nossa casa, jogando mah-jongg, canastra, baralho e outros jogos de cartas, enquanto bebiam, riam e faziam piadas. Com o passar dos anos, os casais se separaram, maridos ou esposas morreram, alguma observação insensível feriu por mais tempo do que deveria, alguma piada foi mais ofensiva do que engraçada, algum dito foi tomado como traição, algum segredo foi revelado, a confiança quebrada, uma lembrança esquecida, uma casa vendida, uma vida afastada e, em pouco tempo, restavam apenas dez amigos, depois quatro e, então, menos um, mais uma morte e, de repente, você se vê à mesa a sós com uma estranha que, em certos dias, você pode confundir com sua filha, a mesma que confunde uma simples resposta com culpa.

Minha mãe tinha muitos amigos. Mas então, de maneira lenta, mas segura, cada amigo começou a mostrar uma falha, uma imperfeição, aquele defeito imperdoável que minha mãe, à medida que envelhecia, simplesmente não conseguia mais suportar em silêncio. Ela começou a dizer na cara que eram feios, gordos ou estúpidos.

Com os olhos fixos no ventilador de teto, observando-o girar lentamente no sentido contrário, eu penso *que não é assim que eu quero passar os últimos anos, muito menos os últimos meses de minha vida*. Não quero que em meu funeral compareçam apenas três pessoas que já não se falam mais entre si e nem comigo, a defunta. Decido perdoar naquele mesmo instante todos os amigos que não estão nem aí para como estou, que nunca me perguntam como estou e também não enviar o e-mail que escrevi dizendo que, por falta de uso, o endereço "ai-de-mim" está sendo cancelado, *porque chegará um dia em que vou precisar deles para encher um salão de velório* e falar bem de mim, dizendo quanto eu fora uma boa amiga, capaz de ouvir todas aquelas mesmas lamúrias muitas e muitas vezes sem jamais tê-las mandado se catar.

Oh, quem sabe um dia.

QUARENTA E DOIS
Ruídos noturnos

Eu ouço ruídos e devo dizer que os ruídos noturnos que se ouvem na cidade de Nova York são muito diferentes dos profundos ruídos noturnos vindos da natureza que se ouvem no campo. Eu sei que estou dizendo o óbvio.

Depois de termos nos desacostumado aos poucos da vida urbana de Nova York, vivemos hoje a maior parte do tempo (cinco dias da semana) no campo, junto à natureza da Pensilvânia. *Ouço ruídos o tempo todo*. E é claro, eu os ouço no meio da noite, mas depois de quase dezesseis anos, eu não dou *mais tanta* atenção a eles. PALAVRAS-CHAVE: MAIS TANTA. Houve um tempo em que eu obriguei Ken a instalar lâmpadas, sistemas de alarme e detectores de animais suficientes para, a qualquer momento, nossa casa ficar tão iluminada quanto a Disneylândia. Essa é a mais pura verdade. Eram tantos alarmes soando, luzes estroboscópicas girando e campainhas tocando que Ken me pediu, literalmente me suplicou que, por favor, pelo amor de deus, eu procurasse ajuda. O que eu fiz, em parte – falei com muitas amigas que vivem no campo e elas concordaram comigo, e até solidarizaram-se comigo e quando eu disse a Ken que havia muitíssimas mulheres com os mesmos problemas relacionados aos ruídos, ele respondeu que eu precisava de ajuda profissional; e eu então procurei a única mulher que conheço com cargo executivo por tempo integral e ela também concordou comigo.

A lição que eu aprendi é a seguinte: Quando se vive no mato, tem-se que acostumar com os ruídos, e a maior parte deles – nem todos, mas a maioria – faz parte da vida da natureza.

Mas naquela noite, nada estava parecendo natural. Eu estava achando tudo muito estranho e misterioso, mas não é nada do que você deve estar pensando.

OUÇO RUÍDOS DE ARRANHÕES. Soam como muitos arranhões e, à medida que me aproximo da sala de estar, andando nas pontas dos pés em direção às portas-janelas, *com o coração batendo acelerado, os dedos dos pés doendo, os ruídos vão ficando mais altos e estranhos e eu acendo a luz do lado de fora.* E ali, um ao lado do outro no meu pátio de pedra, vejo um gato e **um enorme, gigantesco animal, com uma aparência tremendamente espantosa, que parece um rato** – BEM DIANTE DA PORTA. E se fosse noite de Halloween, eu juraria que era uma peça que alguém estava pregando.

Eu desperto Ken – na realidade, eu solto um GRITO, um grito gutural – e exijo que ele salte imediatamente da cama. JÁ. Eu ouço um *"Oh, Jesus Cristo, o que é isso agora?"* e ele, a contragosto, levantar da cama e ir arrastando seu corpo até a sala de estar, onde, ao olhar também pela porta-janela e ver exatamente o mesmo que eu – um gato e um enorme, gigantesco animal, com uma aparência tremendamente espantosa, que parece um rato – ele diz:

"É UM ABOMINÁVEL GAMBÁ". E virando-se para mim, como se quisesse me dar coragem: "E UM REALMENTE ENORME".

Diante disso, como você pode muito bem imaginar, eu me senti muito melhor.

QUARENTA E TRÊS
Fora daqui!

SÃO 2H45 DA MADRUGADA E EU ESTOU LENDO E RESPONDENO A E-MAILS. De repente, ouço o som anunciando a chegada de novas mensagens: Gardens Alive, The Vitamin Shoppe, SkinID e mais um de uma amiga recente que conheci no Facebook. Na realidade, não dela mesma, mas de toda a comunidade do Facebook me avisando que o aniversário dela será dentro de sete dias e se eu gostaria de enviar um lindo cartão para parabenizá-la.

Quanta gentileza.

E enquanto eu continuo lendo e respondendo a outros e-mails, chegam mais alguns alertas de pessoas do Facebook ou, mais precisamente, do *Wallmaster* que estão no Facebook, escrevendo em meu mural. Estou sendo informada de que eles estão me enviando uma mensagem.

E então recebo uma espécie de notificação do Plaxo, dizendo que algumas pessoas que eu conheço mudaram suas fotos, atualizaram seus dados, se mudaram para outro país, estão se divorciando e mudaram seus sobrenomes.

E daí? Por que cargas d'água eu iria me interessar por isso?

E então recebo um monte de lixo do Classmates.com, que, devo dizer, NÃO TEM NADA A VER COMIGO, PORQUE: (a) eu não terminei o colegial e, portanto, não tenho colegas de classe; e (b) um dos motivos (*além de meu profundo desejo de* ENCONTRAR A MIM MESMA – *sim, pode ser um clichê, mas no início da década de 1970 era um imperativo, como você pode constatar*) de eu ter abandonado o colegial foi por não ter nenhum amigo. Eu era a garota que usava aparelho dentário de metal tanto na arcada superior como na inferior, tinha o cabelo encaracolado e era tão esquelética que parecia – como costumávamos dizer – vinda de BIAFRA (naquela época, ainda não havia a ditadura do "politicamente correto"). Eu me sentia tão inferior às outras garotas que, em geral, me mantinha isolada, a não ser para jogar boliche aos sábados, quando botava todo mundo pra correr. Agora o Classmates.com está me enviando um e-mail para me informar que uma dezena de amigos do colegial está tentando entrar em contato comigo. *E que, por 49,99 dólares por ano, eu posso saber como eles estão atualmente. Eu suspeito – e olha que eu estou em maus lençóis – que não tão bem como eu. A última vez em que falei com alguém daqueles tempos, que foi há bem uns quinze anos, senti muita comiseração pelo fato de a nossa pequena cidade de Long Island ter gerado um* ASSASSINO EM SÉRIE.

ESSA NECESSIDADE DE CONVÍVIO SOCIAL COMEÇOU NUMA NOITE (NO MEIO DELA) ESCURA E SOLITÁRIA. Eu estava conectada ao Google, verificando e-mails, tentando me decidir se comprava um par de botas Frye no Zappos, porque eles têm uma excelente política de compensação, e achei que seria ótimo ter alguns amigos para "conversar" às três ou quatro horas da madrugada. Eu estava me sentindo "*isolada, sozinha no mundo, um sentimento generalizado de declínio moral e social"*, e, por isso, me inscrevi no Facebook, no Plaxo e no LinkedIn e em todas as outras redes sociais.

E pela manhã, após algumas horas de sono, eu estava me sentindo menos carente.

E assim, por causa daquela noite solitária, tenho mais amigos, colegas de trabalho, conhecidos, colegas de classe e antigos namorados do que jamais tive na vida "real". E é claro que, assim como na vida real, tem alguém que acha que conhece você e anuncia em seu mural:

OLÁ, AMY, QUE BOM VER VOCÊ. PASSAMOS UM MOMENTO MUITO DIVERTIDO, NÃO PASSAMOS?

E você se pergunta: *divertido?* Será que estava sob efeito de alguma droga? Conheço realmente essa pessoa? Trabalhamos juntas? Ou quem sabe usamos Quaaludes juntas no tempo em que essa droga era conhecida como Rorer 714? Será que moramos no mesmo prédio?

E eu respondo, portanto, com uma resposta simples em seu mural (*essa é uma verdadeira correspondência instantânea, palavra por palavra e de mural para mural*):

Oi, sinto muito, mas não consigo lembrar de onde nos conhecemos?

E em seguida, sua reposta em meu mural:

É MESMO? VOCÊ NÃO LEMBRA MESMO DE MIM? NÓS CANTAMOS JUNTAS NO FESTIVAL DE MÚSICA DE VIENA.

E eu respondo em seu mural:

Sinto muito, mas eu não canto. Você deve ter me confundido com outra pessoa.

E ela responde em meu mural:

Sei exatamente com quem eu canto E CANTEI COM VOCÊ! Eu cantei com você um mês atrás. Nós estivemos lado a lado.

E depois de ter lido essa informação sobre os possíveis efeitos colaterais que o Zolpidem pode ter sobre o comportamento de alguém, além de todas essas maluquices que as pessoas andam fazendo sem saber – refeições completas acompanhadas de sobremesa, dirigindo centenas de quilômetros, fazendo sexo com estranhos – eu fico me perguntando:

Caramba, eu estive em Viena? Cantei num coro? Será que eu fui até um aeroporto, tive meu passaporte carimbado e tirei os sapatos para passar pelo controle da polícia, viajei num avião por doze horas e cantei num coro no Festival de Viena?

Quem sabe?

QUARENTA E QUATRO

A mulher que fumava cigarros Newport

Estou louca para fumar um cigarro.

Minha amiga Karen fuma apenas ocasionalmente. Ela consegue passar meses e meses sem colocar um único cigarro na boca. Ela consegue ficar num bar, em meio a pessoas fumando e bebendo, tomar algumas bebidas e ocasionalmente filar um Newport ou Marlboro de algum freguês próximo e passar de novo meses sem fumar. Eu nunca consegui fazer isso. Filar um cigarro, fumá-lo e ficar por aí.

EU ADORAVA, A.D.O.R.A.V.A., FUMAR.

FUMAR ME FAZIA SENTIR SENSUAL E MALVADA E, COM ISSO, À VONTADE PARA ME MANTER A DISTÂNCIA.

Um cigarro, eu constatei, pode evitar a aproximação de qualquer pessoa..

Eu não sinto falta do cigarro durante o dia. O problema é à noite, tarde da noite quando estou sozinha, em completo silêncio, sentada diante do computador, me vem aquela vontade de fumar. Sinto falta de acender um fósforo, da tragada, da longa baforada e dos pequenos círculos de fumaça que eu fazia quando estava tentando imaginar uma cena ou formular uma sentença. Adorava vê-lo no cinzeiro, a fumaça subindo em direção ao teto. Pronto. Desapareceu. Tremendamente excitante.

Houve um tempo, talvez meu *período de luto*, em que eu não conseguia escrever uma única palavra e estava absolutamente convencida de que isso tinha a ver com o fato de eu ter parado de fumar. SEM CIGARRO NÃO CONSIGO ESCREVER. Nenhum cigarro, nenhuma palavra. Tentei pesquisar no Google se havia alguma relação ou se era apenas comigo que ocorria a falta de criatividade. Seria essa uma suposição narcisista? Sim, certo, como se eu fosse a única pessoa que, ao deixar de fumar, teve a criatividade bloqueada. Descobri que muitas pessoas, ao deixarem de fumar tiveram comportamentos estranhos, singulares, ritualísticos e até mesmo fora dos padrões, em alguns casos, relacionados a seus hábitos criativos, passatempos, trabalhos, maridos, esposas, namorados, expressões artísticas, crises de meia-idade e hábitos sexuais.

Isso não me deu nenhum estímulo, não me ajudou em nada, mas com certeza me fez rir.

Depois de ter sido fumante por toda a minha vida adulta, eu parei por um único motivo: Simplesmente pareceu-me total e absolutamente certo lançar uma tora de madeira maciça sobre o fogo da menopausa que ardia em minha vida como o fogo do inferno. Para não dizer que Ken odiava, O.D.I.A.V.A., meu vício. Ele detestava o cheiro, detestava me ver com um cigarro pendurado na boca e me lembrava diariamente que aquelas pequenas linhas dos lábios poderiam aumentar e ficar mais profundas e se estender até as faces. Isso absolutamente não me assustava.

Quando eu perguntava a Ken o que ele queria ganhar em seu aniversário, no aniversário de nosso casamento, no Natal e outras datas importantes, ele invariavelmente respondia: "EU QUERO QUE VOCÊ DEIXE DE FUMAR. QUERO QUE VOCÊ VIVA POR MAIS TEMPO. QUERO QUE VOCÊ SEJA SAUDÁVEL."

Nunca, jamais ele disse: EU QUERO QUE VOCÊ SEJA FELIZ. Por que tudo se resumia a *viver por mais tempo*? Quanto de egoísmo há nisso?

E assim, quando eu lhe dava conjuntos de moletom, luvas e ferramentas de jardinagem em seus aniversários, nos aniversários de nosso casamento, no Natal ou em outras datas importantes, ele sempre mostrava um pequeno sinal de desapontamento em seus olhos azul-claros.

Você pode, portanto, imaginar como ele se sentiu quando eu comuniquei, com muita raiva e ressentimento: Estou largando o cigarro. FELIZ AGORA?

NÃO FUMAR ME FAZ SENTIR FALTA DOS SEGUINTES EFEITOS:
Sinto falta do poder maior que o dedo médio e indicador tinham sobre os dedos anular e mínimo.

Sinto falta da aura misteriosa envolvendo o ato de acender um cigarro num bar, restaurante ou banheiro feminino, como se a chama surgisse do nada.

Sinto falta de me sentir como Lillian Hellman sentada tanto diante de sua máquina de escrever como aos pés de Dashiell Hammett.

Sinto falta da combinação de café frio em copos de isopor e isqueiros Newport.

Eu sinto falta da privacidade que o cigarro me proporcionava.

E, AGORA, DOS EFEITOS QUE EU NÃO SINTO FALTA:

- Não sinto falta do cheiro de fumaça impregnado em todas as minhas roupas.

- Da vontade de escovar os dentes a cada duas horas.

- Da falta de intimidade física e emocional que havia entre Ken e eu.

- De pagar sete dólares por um maço – que, somados, chegavam a mais de duzentos dólares por mês. Santa droga.

- A dificuldade de respirar e encher os pulmões de ar puro quando estou caminhando, me alongando, fazendo yoga ou mesmo me levantando da cama no meio da noite.

- Eu não sinto falta de ter de ficar lá fora exposta ao frio, entrouxada e tiritando, enquanto tento levar o cigarro até os lábios, por causa dos avisos de proibição de fumar nos restaurantes, bares, escritórios, aeroportos, hotéis, cinemas, lojas de departamentos, agências dos correios, lojas de bebidas alcoólicas, FedEx, floriculturas, cafeterias, bancos, teatros da Broadway e fora dela, metrôs, táxis e banheiros femininos.

MAS EXISTEM NOITES
como esta
em que eu suspiro
profundamente
por um Newport.

QUARENTA E CINCO
O canal das [im]previsões

KEN ADORA O CANAL DO TEMPO. Não sei se isso é coisa de homem, coisa de Ken ou coisa de homens que se chamam Ken, mas o fato é que o único aparelho de televisão que temos – que não é nenhuma porcaria – fica ligado nele vinte e quatro horas por dia sete dias por semana. Não estou brincando. Tem ocasiões em que eu testemunho, na verdade dou uma espiada às escondidas, meu marido *balançando* ao ritmo do tema musical do Canal do Tempo. ELE PARECE TÃO SEXY. ELE É MEU HOMEM.

Tudo isso para dizer o seguinte: Ocasionalmente, quando me levanto no meio da noite, eu ligo a televisão. Diferentemente de meus pais, que tinham um aparelho de TV em cada peça da casa, inclusive no banheiro extra, onde havia um pequeno aparelho Sony preto e branco sobre o suporte extra para papel higiênico, eu não sou viciada em TV: assisto a alguns programas, mas posso viver muito bem sem eles. Nas ocasiões em que eu ligo a televisão no meio da noite, ela inevitavelmente está sintonizada no Canal do Tempo, o último que fora assistido. Parada diante de um mapa dos Estados Unidos, está uma pessoa empertigada apontando para algum lugar no norte e fazendo a previsão do tempo para o local: *"No nordeste da Pensilvânia, temos uma noite clara e de temperatura agradável. Totalmente clara. Nenhuma precipitação. E você não tem necessidade de usar nenhuma jaqueta."* Quando eu olho pela janela de minha casa no nordeste da Pensilvânia, constato que, pois sim, qualquer um pode fazer a previsão do tempo, porque está nevando pra caramba, e, ora essa, *noite totalmente clara* – não daria nem pra ver a ponta do próprio nariz se ela estivesse um pouco afastada do rosto.

E FOI ENTÃO QUE ME OCORREU ESTA FANTASIA: vejo aquela pessoa empertigada desaparecer aos poucos, mais ou menos como as imagens de um sonho se desvanecendo – e a minha imagem, *eu sou a repórter do tempo*, aparecer gradualmente. *Vestida com um terninho preto deslumbrante (calças com pernas largas, sem dúvida) e um longo colar de pérolas Mikimoto, eu pareço uma figura esplendorosa.* Atrás de mim está o mapa dos Estados Unidos e eu, a Nova Apresentadora do Tempo, uma mulher na menopausa, estou fazendo a previsão local do tempo. O título da minha apresentação é "Perspectiva de Tempestade Interna".

APONTANDO PARA A COSTA LESTE:
"Aqui no nordeste da Pensilvânia, ocorreu um grande tornado na casa de uma mulher de cinquenta e poucos anos. Quando o marido dela perguntou como havia sido seu dia, ela não gostou de ele não ter incluído a expressão "por favor" e, assim, Mary Majors quebrou tudo que havia na casa."

E AGORA APONTANDO PARA OS ESTADOS DO SUL:
"Uma tempestade fora do comum está se formando. Parece que uma

mulher na menopausa estava entrando numa vaga de estacionamento quando foi cegada por um veículo inabilitado. A mulher, cujo nome não foi revelado, saiu de seu carro e deu tanta porrada no capô do dito veículo inabilitado que tanto o capô como o air bag explodiram, deixando a pessoa inabilitada presa entre as ferragens. Quando a polícia chegou, a mulher, cujo nome não foi revelado, gritou: "Vá pro inferno! Eu sou incapacitada. Sou emocionalmente incapacitada!" E foi levada apenas depois de ela ter conseguido ligar para seu marido de seu telefone celular."

E AQUI NO MEIO-OESTE, EU DIGO, APONTANDO PARA UMA VASTA ÁREA:

"A meteorologia prevê realmente um dilúvio de proporções bíblicas. Duas amigas decidiram que não estavam mais a fim de continuar suportando os trastes de seus maridos e resolveram botar pra quebrar: elas abriram todos os hidrantes dentro de um raio de dezesseis quilômetros, deixando toda a cidade embaixo d'água. Quando perguntado, o meteorologista local disse: "Bem, vou dizer o que penso. Parece-me que foram as tempestades internas que provocaram a maior parte dos prejuízos." E aproximando-se da câmera: "Posso dar um alô para a querida esposa e filhos...?"

QUARENTA E SEIS
E agora?

É 31 DE DEZEMBRO. *Estamos trabalhando nos preparativos para um jantar de Ano Novo para dezesseis pessoas em nossa casa. Ken me avisa que essa é a última vez que fazemos isso. Toda essa função o tira totalmente do sério.* TOTALMENTE. Dezesseis pessoas, muitas garrafas de champanhe e muita, mas muita comida. E eu estou cozinhando, preparando e tentando manter tudo sob controle – por que, oh por que, alguém, por favor, me diga por que eu tenho de manter tudo sob controle? – e sento-me diante do computador para procurar uma receita – *a receita* – para os pratos de camarão e escalope que estou preparando, muito mal, por sinal, porque não tenho alguns dos ingredientes, que esqueci de comprar, porque não segui a lista que eu havia preparado antes de ir às compras, e, na minha caixa de entrada, encontro um e-mail de meu irmão. Como assunto, consta algo como "ESTADO DE SAÚDE DE MAMÃE" ou "NOVIDADES DE MAMÃE". Eu realmente não lembro quais eram as palavras exatas, porque meu coração começou a saltar para fora do peito. Abro a mensagem e ela menciona algo (não lembro exatamente as palavras) com respeito à minha mãe *estar internada* num hospital há seis dias e o prognóstico não ser nada bom e, portanto, que se eu quiser vê-la, bla, bla....bla, BLA.

Esta é a mensagem que eu recebi no final da tarde de 31 de dezembro – nenhum aviso, nenhum telefonema dias antes me informando que minha mãe estava sendo internada num hospital. Liguei imediatamente para o serviço de assistência permanente, perguntando por que, oh por que, eu não havia sido avisada? E informando-os, num tom claro e ríspido, que meu irmão e eu absolutamente não nos falávamos – algo que nunca antes havia dito a eles, mas que sinto a necessidade de dizer neste telefonema. Meu irmão e eu não nos falamos. Sou informada pela enfermeira ao telefone que, quando perguntado se deviam entrar em contato comigo, meu irmão havia dito que não, que ele mesmo o faria. MAS NÃO FEZ. E eu recebo o e-mail depois do fato consumado. É óbvio que não sei se isso é ou não é verdade, mas vou tomar a palavra da enfermeira como verdade. *Talvez eles não tenham perguntado. Talvez ela esteja simplesmente tentando livrar a cara.* Eu havia falado com minha mãe naquele mesmo dia em que ela foi hospitalizada, EU ESTOU ME SENTINDO TONTA E GIRANDO, MINHA CABEÇA ESTÁ SE PARTINDO AO MEIO E ESTOU COM UM ATAQUE SÚBITO DE CALOR E ARRANCANDO TODAS AS ROUPAS ENQUANTO PRENDO O TELEFONE ENTRE O OMBRO E A ORELHA PARA EXPLICAR À ENFERMEIRA TODA A SITUAÇÃO ENQUANTO TENTO... PRENDER O TELEFONE. Tudo, desde a dificuldade para falar com minha mãe pelo telefone, até por que as mensagens que eu deixo em sua secretária eletrônica/caixa postal não são retornadas... Estou explicando isso quando ela me interrompe para informar que há no local uma regra que não permite o retorno a chamadas de longa distância. Ken entra no meu quarto e, erguendo um polegar, faz um gesto de quem pergunta *"Está tudo bem aí?"* e apontando para o meu ombro, faz um gesto sugerindo que eu o coloque no viva-voz. É mesmo. Tudo fica mais fácil. Estou preparando um jantar de Ano Novo para dezesseis pessoas e não tenho a receita de camarão e escalope e (tapando o bocal com a mão para que a enfermeira do outro lado da linha não ouça) eu digo a Ken que ele terá de preparar tudo sozinho porque eu não estou mais feliz e contente e PRO INFERNO COM O ANO NOVO. Em seguida, digo pelo telefone à enfermeira que eles deviam ter entrado em contato comigo, PRO INFERNO COM A TAL REGRA QUE PROÍBE RETORNAR AS CHAMADAS DE LONGA DISTÂNCIA e que... *não consigo acreditar que minha mãe tenha sido hospitalizada sem que ninguém me avisasse e que essa é a segunda vez que sou avisada depois de o fato ter ocorrido.* Eu pergunto se ela acha que minha mãe ainda tem algum tempo de vida, pois o e-mail dá a entender que ela está à beira da morte. Faz-se um longo silêncio. Prendo a respiração. Ela diz: "*Ela teve um tombo, estava bastante desorientada. Sua mãe sofre de demência. Isso faz parte da doença. Eu não ficaria tão alarmada. Ela está calma e repousando. Tem dor nas costas. Não é uma situação de vida ou morte. É parte de todo o processo.*"

Estou completamente fora de mim. E totalmente nua.

E literalmente me enfio na cama.

Ken também se enfia na cama e me abraça. Ele me lembra delicadamente – porque eu estou com péssimo humor – quanto a vida é engraçada, porque, apenas algumas semanas antes, eu estivera me sentindo culpada, ou não culpada de acordo com o dicionário *Encarta*, por não ter visto minha mãe e esperando chegar a algum tipo de decisão. Quem sabe *essa* não era a decisão. Não consigo responder por ter ficado de boca totalmente aberta. É CONVENIENTE PARA KEN CEDER. Naquele momento, volto a lembrar que a menopausa "não é nenhuma prisão". Eu repito para mim mesma, quase como um mantra: "*Menopausa envolve parir a si mesma, menopausa envolve parir a si mesma...*"

Eu tenho esperança, além de todas as minhas forças, que a bolsa d'água se rompa muito, muito em breve. Ken pergunta o que eu esperava de meu irmão, depois de tudo, e eu digo: *Espero que ele me trate como filha de minha mãe, não como a irmã de quem ele não gosta e que não gosta dele. Ela é também minha mãe.*

E DECLARO OFICIALMENTE que há tanta sujeira de ambas as partes, extremamente feia e grossa, que nenhum de nós – nenhum de nós – é inocente. Nós crescemos com essa base. Não me surpreende, portanto, que tenhamos chegado ao ponto em que chegamos.

Mas essa é a primeira vez, depois de muito tempo, que eu choro de verdade – lágrimas de verdade, com nariz escorrendo e tudo mais – por ter uma relação tão sórdida com meu irmão, porque, no final das contas, MINHA MÃE É QUEM ACABA PERDENDO. Porque são coisas como essas que me afastam, me fazem retirar e não querer visitá-la – é a minha maneira de dizer PRO INFERNO COM TODOS VOCÊS.

Ken está fazendo todo o esforço humanamente possível para me tirar da cama.

Eu olho para ele e digo:

"Caramba, Ken. Esta é a primeira vez que você se esforça para me tirar da cama."

Como você pode imaginar, este é um momento de muita ternura.
Ken é extremamente bom nisso.

QUARENTA E SETE

Mamãe
O Começo do Fim

ESTOU AGORA NUM AVIÃO RUMO AO NOVO MÉXICO para visitar minha mãe que, pelo que acabaram de me informar, caiu num *estado profundo de alheamento e alucinação*. Não sei bem que alheamento é esse, mas suspeito que ela esteja espantando as pessoas que não quer ter por perto, coisa que ela fez durante toda a sua vida; e quanto à alucinação, que também me informaram, parece andar de mãos dadas com a demência.

Essa foi uma decisão muito difícil de tomar. Por um período de vinte e quatro horas, estive totalmente tomada pelo conflito e, nele, eu senti, é claro, a necessidade de arrastar todo mundo para dentro dele também.

KEN quer saber o que EU ESTOU SENTINDO, o que eu sinto no fundo do coração – e eu lhe respondo que, se soubesse, não estaria perguntando. Ele diz que, bem, talvez eu devesse ir e, em seguida, com a mesma rapidez, que talvez não. Mas ele acredita que seria uma excelente oportunidade de curar nossa relação e me apoia totalmente, porque sabe que se não disser isso... você pode imaginar o quê. Parece, portanto, que ele se inclina para o sim.

MEU AMIGO JEFF me diz que o que realmente importa é como eu vou me sentir daqui a alguns anos e que, se ele fosse eu, provavelmente faria a visita, mas trataria de receber uma ou duas massagens enquanto estivesse lá: *"É muito importante que você conserve seu próprio bem-estar."*

MINHA AMIGA KAREN me aconselha a cantar e fazer as pazes tanto comigo mesma como com minha mãe. MEU AMIGO PETER diz que a decisão que eu tomar, seja ela qual for, será a coisa certa. MINHA AMIGA ROBYN diz que eu deveria ir ver minha mãe, mas ficar hospedada num hotel, para ter *"algum tempo para relaxar com um copo de bom vinho ou dois de chardonnay"*. MINHA AMIGA MARCIA apoia essa ideia e quer saber se eu pretendo ver meu irmão. Eu digo que não. Não? Não. Não mesmo? Não mesmo. Percebo que ela fica um pouco desapontada, pois esperava que ocorresse alguma forma de reunião familiar. Marcia é uma mãe maravilhosa e mantém sua família unida.

Procuro a opinião de MINHA AMIGA TERRI. Terri me diz que ela iria comigo se pudesse, mas devido à instabilidade financeira, não tem condições de dar-se esse luxo, mas que, se ela fosse eu, ficaria em cima do muro até o último momento. MINHAS AMIGAS NANCY E JEANNIE – que formam um casal – me dizem em uníssono que eu decididamente deveria ir, mas não prolongar muito a visita, porque qualquer dia a mais poderia significar "desgosto"; que o importante é eu passar um tempo com minha mãe, dar-lhe amor e, em seguida, tratar de calmamente ir embora. MEU AMIGO DAN, que está passando por uma situação quase idêntica com sua mãe e... xi, também com seu *irmão*, diz para eu não ir. Que só serviria para eu ficar triste, magoada e terrivelmente desapontada. Mas é a minha amiga mais próxima, MINHA IRMÃ ESPIRITUAL AMY (*Litzenberger*), quem me dá o melhor conselho – *ela diz que eu deveria ir, levar uma grande alegria para minha mãe, amá-la sem esperar absolutamente nada em troca e dizer a ela que tudo bem, perfeitamente bem, que ela pode ir em paz.* E então Amy diz, com sua voz maravilhosa, tão esplendidamente maravilhosa, que combina perfeitamente com seu espírito maravilhoso: "Ela precisa voltar a te ver."

ESTÁ DECIDIDO. Eu faço a reserva das passagens no meio da noite, às 3h42. Também reservo hospedagem num hotel em Alburquerque e marco, por meio do Google, sessões de massagem e manicura e localizo as lojas mais próximas das redes de livrarias Borders e/ou Barnes & Noble.

O único resíduo de mal-estar que permanece instalado no mais fundo de minhas entranhas é o medo de voar. Em muitas ocasiões, eu tive de me conter para não ir até a cabine perguntar ao piloto: *"Será que vocês poderiam voar um pouco mais devagar e seguir na mesma rota?"* Talvez seja a necessidade de me sentir no controle absoluto das coisas, especialmente quando num espaço fechado, para não dizer que eu prefiro o lugar de comandante ao de passageiro, e também estou quase certa de que tem a ver com o fato de, se o avião cair, eu vou estar trancada num espaço fechado com um monte de gente com quem não tenho nada a ver. Mas do ponto de vista budista, nós estamos todos interligados e estamos juntos há muitas e muitas vidas. É apenas nessas situações em que estou num avião, sentada entre duas pessoas que me parecem totalmente estranhas, que surge esse medo profundamente incômodo.

No primeiro trecho do percurso (não há voos diretos para Albuquerque), vou sentada ao lado de uma jovem que passa o tempo todo girando as contas de seu lindo rosário entre o polegar e o indicador. Ela é tão jovem e encantadora que eu me pego olhando para as contas de seu rosário e percebo (intuitivamente) que isso a deixa constrangida, mas eu estou à procura de algo, que encontro assim que olho para o seu rosto: pressinto que ela tem toda uma vida pela frente. Isso me proporciona um enorme bem-estar. E com isso, paro de fitá-la.

ENTÃO EU COMEÇO A PENSAR EM MINHA MÃE, que não tem toda uma vida pela frente – na verdade, eu acredito, embora não tenha certeza, que tudo que ela realmente tem para viver é o *momento presente*. Que é, segundo Eckart Tollle, tudo que realmente temos – o momento presente. Ele faz tudo no momento presente. Fico perplexa com o que ele consegue realizar no "momento presente". Porque devo dizer que – quando tomo uma decisão, ou percebo o que estou fazendo, ou decido que roupa usar, constato que já se passaram muitos momentos. Não sei para onde eles foram. Talvez seja necessário haver um *"esquema de momentos extras"* para os amigos, familiares e parceiro, que preserve todos esses momentos que de alguma maneira caem no espaço rarefeito, para você poder resgatá--los quando tiver tempo.

A DEMÊNCIA PRENDEU SUAS GARRAS EM MINHA MÃE E RECUSA-SE A SOLTÁ-LA. Os primeiros estágios são brandos, em que ela se esforça para lembrar nomes e rostos, confunde as coisas e não lembra onde colocou as chaves, entra em pânico ante o desaparecimento da carteira, será que deixei o casaco na casa de Sylvia? Em seguida, passa para o estágio moderado: muita confusão emocional, raiva, dorme totalmente vestida e agarrada à bolsa, profunda contrariedade e os estágios iniciais da incontinência funcional. É um estágio difícil. Envolve muita rebeldia e, às vezes, ataque fortuito a qualquer pessoa inocente que encontra pela frente. Depois vem o estágio mais avançado, mais profundo e confuso de desintegração, o olhar inexpressivo, a dolorosa frustração com o contato familiar ou falta dele, que ela não tem condições de manter pelas condições do lugar em que vive. A enfermeira dela me disse que ela fez de sua espreguiçadeira seu "lugar" permanente, onde "passa" o dia todo; ela também me disse que, dependendo do sabor, a gelatina pode muito bem ir parar na parede ou nos jeans de alguém. Ela não quer mais saber de comer nem de falar.

Sou advertida por minha cunhada, através de um e-mail, que é muito pouco provável, que há, praticamente, nenhuma probabilidade de ela me reconhecer.

Olhando pela janela do avião – para algumas nuvens que parecem pessoas dançando de mãos dadas,

eu espero, além de todas as possibilidades de esperança, que eu a reconheça.

QUARENTA E OITO

Budista devota e cheia de boas intenções

Há ocasiões em que, no meio da noite, eu simplesmente fico cantando diante de meu altar, às vezes por alguns minutos e outras... por mais ou menos uma hora. E em algumas dessas ocasiões, no meio da noite, eu experimento um profundo sentimento de calma, paz e altruísmo.

Nessas horas em que me sinto ótima e forte e com suficiente autoestima para não dar importância ao que os outros pensam de mim, eu simplesmente fico ali sentada orando/cantando pela Paz Mundial.

Mas essas noites são raras. Em geral, às três ou quatro horas da madrugada, você pode apostar que eu esteja preocupada, assustada, intimidada, amedrontada e nervosa a ponto de minhas orações/cantos não serem tanto para superar esses sentimentos, mas mais para aceitá-los; e, como você pode imaginar, enquanto me ocupo em aceitá-los, estou tentando me defender do medo que parece me agarrar pelo pescoço.

As seguir, enumero algumas de minhas preces/desejos e esperanças pessoais que eu tive, ou continuo tendo, com as palmas das mãos firmemente pressionadas (coisas que, a propósito, não impedem a Paz Mundial – eu prefiro vê-las como pequenas atitudes que fazem parte do objetivo maior):

PELA FELICIDADE DE KEN, SEU BEM-ESTAR E SEGURANÇA, ESPECIALMENTE QUANDO ELE ESTÁ DIRIGINDO SOZINHO E SEM DAR NENHUMA ATENÇÃO AOS OUTROS MOTORISTAS (coisa que, aliás, Ken não reconhece). Que seu trabalho o faça feliz, que ele continue firme e forte, que tolere minhas maluquices por mais um, dois ou três meses, que ele tenha sempre paz de espírito, que mantenha uma boa relação de amor e respeito com seu filho e sua neta e que não me pergunte quando nem onde eu comprei o par de botas que continua na caixa no fundo do armário, porque eu teria de mentir descaradamente, o que tornaria essa oração menos prazerosa e mais desesperada e estressante.

PARA QUE TODOS OS MEUS AMIGOS E SUAS RESPECTIVAS FAMÍLIAS tenham boa saúde, muita felicidade, boa sorte, vida sexual plena e prazerosa, segurança financeira e paz de espírito.

QUE O REMÉDIO ZOLPIDEM seja vendido em dosagem de 7,5 miligramas, porque estou tentando desesperadamente me desacostumar da dosagem de 10 miligramas e a de 5 miligramas não basta.

QUE EU DESPERTE PARA A MINHA GRANDEZA, para poder inspirar, incentivar e ajudar outras mulheres a fazerem o mesmo.

Para me tornar uma mulher de autoestima ilimitada.

PARA PERDOAR, particularmente aqueles que, com seus dentes, dilaceraram meu coração.

QUE CADA AÇÃO DA GE passe a custar cem dólares.

Para que o sofrimento de minha mãe seja removido – substituído totalmente pelo prazer – e que ela entre tranquilamente na noite eterna[*].

QUE A FATURA DO CARTÃO VISA fique abaixo de dois mil dólares.

PARA AMAR INCONDICIONALMENTE, *dar generosamente, rir alto, chorar descontroladamente, ter coragem para enfrentar as situações adversas, ser desprendida, ter mais paciência, ser menos intolerante, ter certeza absoluta, apoiar meus amigos e pessoas estranhas, jogar a verdade na cara das pessoas para ver como elas reagem, e para que o HBO se torne o principal canal a cabo, porque contrariando seus fabulosos e atraentes anúncios, é TV, e dada a economia, ninguém de nós deveria ter de pagar para rir, chorar ou abrir nossos corações e almas por trinta, sessenta, noventa ou cento e vinte minutos sem interrupções para comerciais.*

---

*Referência ao poema de Dylan Thomas "Do Not Go Gentle into That Good Night". (N.T.)

QUARENTA E NOVE

Correntes e mais correntes...

Correntes de loucos

Recebo por e-mail uma média semanal de seis ou sete "correntes" que devem ser repassadas para, no mínimo, doze pessoas, se não quiser ver meus desejos/sonhos/ preces e esperanças DESPEDAÇADOS. Varridos da face da Terra. Não terei sorte em nada, minha família sofrerá e eu terei azar e serei afligida por urticária pelo resto de minha vida.

Isso me deixa apavorada.

Realmente apavorada.

Abro os e-mails que trazem essas correntes no meio da noite, embora eles cheguem cedo pela manhã. Como eles não me infundem confiança nem coragem, eu os deixo sem abrir e, quando estou apagando uma tonelada de spam e outros lixos que não leio, porque não me interessa abrir nem responder a um e-mail que traz como assunto "Interessado em alugar *preservativos?* Não precisa mais procurar."

E apesar de sentir uma enorme tentação de apagar as tais correntes, que trazem como assunto frases como *"Um anjo está cuidando de você"* ou *"Você será abençoado pelos próximos quarenta anos"* ou *"Não desconsidere se não quiser ir para o inferno"* ou *"Abra-o, envie-o e veja-o retornar e reenvie-o e veja-o retornar de novo..."*, eu não as apago. Eu as leio. Às vezes, fico sinceramente tocada e comovida, mas com muita frequência, eu não quero passá-las adiante para seis, oito ou doze pessoas. Porque eu sei por experiência, das vezes que já fiz isso no passado, que umas quatro, seis ou dez pessoas inevitavelmente me responderão dizendo: "POR FAVOR, AMY, NÃO ME MANDE MAIS ESSAS TRALHAS!"

Mas o que realmente me toca nessas correntes é que se você reenviá-las para seis, oito ou doze pessoas, você terá: boa sorte, a realização de um sonho acalentado há muito tempo, uma montanha de dinheiro surgirá do nada, seus braços ficarão fortes, seu marido, parceiro ou namorado rejuvenescerá, seu guarda-roupa será arrumado, sua casa ou apartamento terá milagrosamente seu tamanho aumentado em muitos metros quadrados e todas as suas contas serão inteiramente quitadas nos próximos cinco anos.

ESSA BOBAGEM É TENTADORA. Eu fico tentada. O bastante para catar doze pessoas estranhas dos grupos de minha rede social, enviar as correntes com cópias ocultas para cada uma delas, mas DO ENDEREÇO ELETRÔNICO DE KEN – que ele, por sinal, quase nunca abre, porque não é fã da Internet – para que elas não voltem para mim. Mas o argumento decisivo é que você tem de enviar as correntes a essas seis, oito ou doze pessoas em no máximo dez minutos se não quiser perder a chance de desperdiçar não apenas a sua boa sorte pelo resto da vida, como também a de todas as pessoas para as quais você está querendo enviá-las. Isso me deixa extremamente preocupada. Tenho apenas dez minutos para localizar e escolher doze estranhos dos grupos de minha rede social aos quais eu gostaria de ver prosperar tanto em termos financeiros como emocionais e sexuais e, então, recortar e colar ao corpo do e-mail, preparar uma cópia oculta para cada um deles e, ainda, entrar no endereço de Ken, do qual eu não lembro a senha e seria obsceno acordá-lo por uma bobagem dessas. Mas aí eu penso... e se.... Se algo terrível, pavoroso acontecer com esses doze estranhos, eu vou me sentir totalmente responsável.

E delicadamente – muito delicadamente – eu acordo Ken: "QUERIDO, ACORDA." E digo que ele precisa me dar sua senha, porque preciso entrar em sua conta de e-mail, porque É UMA EMERGÊNCIA.

Ao que ele responde: *"Como assim uma emergência? Um e-mail de emergência? Que raio é isso?"*

Eu invento uma história totalmente maluca, dizendo que é como um incêndio, que se eu não jogar água sobre o fogo, ele pode se espalhar e matar muitas pessoas inocentes.

Ele olha para mim como se eu não fosse sua mulher, mas como se eu fosse alguma lunática que se apossou do corpo de sua mulher. *"Um incêndio por e-mail? Você vai apagar um incêndio por e-mail? Quem é você, afinal? Por acaso, é do corpo de bombeiros?*

"SIM. ISSO MESMO. SOU DO CORPO DE BOMBEIROS. E DAÍ? EU PRECISO DE SUA SENHA."

"Não."

"COMO NÃO? EU SOU SUA ESPOSA – PRECISO DE SUA SENHA."

"Não, você não é minha esposa – minha esposa desapareceu. Você é maluca."

E a discussão continua. Senha. Não. Senha. Não. Até que Ken puxa a venda por sobre os olhos e volta a dormir. E com isso, o prazo de dez minutos que eu tinha para garantir que aquelas doze pessoas, doze pessoas totalmente estranhas tivessem sorte pelo resto de suas vidas, se esgotou. E eu fico esperando, como só eu sei esperar, que o céu desabe.

Mas isso não acontece.

E dois dias depois, eu recebo por e-mail um cheque residual que eu nunca jamais esperei receber.

CINQUENTA
Um caso perdido

Estou sozinha num quarto de hotel. É noite alta. Um pouco mais do que uma da manhã aqui e, portanto, quase três da manhã em casa. Uma insônia sem solução.

Como estou sozinha, eu decido entrar no Google para procurar por meu primeiro grande amor.

É como se eu estivesse tendo um caso. Transgredindo uma regra. Com o laptop aninhado em meu colo – as lâmpadas estão apagadas e no quarto há apenas as luzinhas vinda do iMac, o que dá ao ambiente um tom de sensualidade. Ele foi meu primeiro amor de adolescente. Éramos grandes amigos até que nos tornamos namorados. E o namoro todo durou do final da oitava série até a metade da nona. *Ele era um ano mais velho do que eu, talvez um pouco mais. Nós éramos a garota e o garoto desajustados.* Tínhamos em comum uma grande paixão pela música: dos Stones, do The Who, Janis Joplin e Big Brother, Eric Clapton e os Beatles. Eu adorava "White Room", da banda Cream, e ele adorava "Jumpin' Jack Flash" dos Stones, e acho que ambos, sem qualquer hesitação, detestávamos "Harper Valley PTA". Pode-se também afirmar com segurança que "Going Up the Country" era uma ótima música para dançar quando sob o efeito de Quaaludes ou qualquer outra droga ilícita. Nutríamos ambos uma grande paixão pelas artes, museus, galerias e por tudo que vinha de Andy Warhol, além de adorarmos tudo que era moda – os paletós e longos lenços de seda, os sapatos com saltos plataforma e os vestidos sensuais até os joelhos e cintura apertada.

Ele tinha um tremendo talento artístico e parecia igualzinho a Mick Jagger. É VERDADE. Alto e magro, sexy, desgrenhado, lábios grossos, e eu simplesmente o achava o CARA MAIS ATRAENTE QUE JÁ EXISTIU NA FACE DA TERRA. Não havia ninguém mais atraente. Eu desabrochei para me tornar uma versão magrela de Ultra Violet e Andy Warhol: cabelos longos e encaracolados, ambos os cílios carregados de rímel e lábios pintados de batom vermelho, isso numa época em que a regra era usar camisas de flanela e jeans rasgados. Era uma espécie de brincadeira de se disfarçar. Ele me chamava de sua Lady Jane. *Mas isso foi há quase quarenta anos.*

Um ano depois, no entanto, eu deixei a escola, saí de casa e andei perdida usando camisas de flanela, blusas rústicas e jeans rasgados; e ele seguiu seu rumo – para a universidade.

Nunca mais voltei a vê-lo.

A CURIOSIDADE, ATIÇADA POR UM COPO DE CHARDONNAY, LEVOU A MELHOR SOBRE MIM E EU ENTREI NO GOOGLE PARA PROCURÁ-LO. Apareceram muitos com seu nome, pois o dele era um nome muito comum, mas nenhum que parecesse ser ele. Eu estava quase certa de que ele não havia se tornado um *jogador de basquete da segunda divisão* de Maryland, como tampouco um *cabeleireiro* em Seattle, apesar de a gente nunca saber ao certo que rumo a vida pode tomar. Eram muito poucas as chances de ele ter virado um *cuidador de cachorro*, porque eu lembro que ele não era lá muito dado a cachorros e gatos, nem a nada nem ninguém que soltasse pelos. E era ainda mais improvável que fosse aquele *professor de dança* de Long Neck. Estava totalmente certa de que não era o *pregador* negro de Atlanta, nem o *mago dos patins* de vinte e três anos. Coloquei então, junto com seu nome, o de nossa cidade natal, achando que talvez pudesse encontrar algo sobre sua família com alguma referência a ele, mas não obtive nada de especial, apenas algo de passagem sobre sua mãe e seu pai estando de mudança para viver como aposentados na Flórida, isso vinte anos antes, mas sem nenhum endereço nem qualquer outra informação. E se estou lembrando direito, se não me falha a memória, havia alguma referência a seu pai ter morrido alguns anos atrás.

Eu continuei rolando mais algumas páginas do Google e, por mais curioso que fosse, era como se o cara nunca tivesse existido. OU, PELO MENOS, NÃO O CARA QUE EU LEMBRAVA.

Fiquei triste.

Às vezes, a gente não quer realmente retroceder mais longe no passado. Mas ele era especial. Eu não tive coragem para procurar saber se ele havia morrido, se encontrava algum obituário com seu nome.

Deixei uma mensagem para Ken em seu celular. Dizendo que o amava LOUCAMENTE, que sentia muita falta dele e que era muito feliz por tê-lo como marido.

Não é isso que se espera de quem quase tem, mas não chega às vias de fato, um caso extraconjugal?

CINQUENTA E UM
Alô! Acorda!

E se ela não souber quem eu sou? Essa dúvida me mantém acordada por toda a noite. Esse fator *se*. E continua me atormentando quando a manhã se aproxima. Tomo uma chuveirada, lavo o cabelo, me visto, coloco um pouco de máscara e batom e deixo o hotel.

E SE, quando eu chegar lá, ela demonstrar não fazer ideia, enquanto eu fico ali parada, com ela olhando para mim e eu olhando para ela, tendo pela frente dez horas de olhares vazios, de longos silêncios e nada para dizer. *Perguntar como ela está? O que há de novo? Falar de seu passado?* Perguntar sobre sua família? E se ela falar sobre sua família, sem mencionar meu nome? E se ela me contar tudo sobre sua família, seu filho, sua nora e seus netos, mas sem jamais mencionar que tem uma filha ou um genro, o que faço? *Fico? Insisto? Tento abrir um compartimento trancado? Continuo insistindo e fazen-*

do mais perguntas? Tento envolver as enfermeiras que estão com ela quase o tempo todo? Será que ela vai lembrar de mim se eu usar uma roupa que lhe agradava? Talvez se eu fizesse com o cabelo aquilo que ela sempre achava bonito. Talvez se eu usasse apenas um pouco de maquilagem para contornar os olhos, em vez de aparecer de cara quase lavada. Quem sabe se eu usasse uma joia que lhe trouxesse alguma lembrança. Se eu levasse um chocolate, um chocolate ao leite, ela pudesse recordar um tempo ou lugar, um momento feliz.

Esses são os pensamentos que ocupam minha mente enquanto caminho do hotel até a "casa de assistência" em que vive minha mãe. Uma caminhada de vinte minutos: um conto, uma comédia de costumes de meia-hora, um noticiário, uma relação sexual e uma pintura de unhas com secagem rápida.

Eu me anuncio na recepção e sou recebida com uma onda de frieza e indiferença (*ou talvez seja apenas imaginação minha*). Eu sou, afinal, a filha que escreve para ela, que telefona algumas vezes por semana, envia pequenos presentes e flores, mas NÃO a visita regularmente. Corre o boato (entre primos, parentes, amigos de amigos de...) que eu sou a filha desconsiderada, a irmã irresponsável, a irmã despreocupada da Costa Leste que não quer saber de nada "que manda tudo pro inferno" e que, nas palavras de meu irmão, NÃO PERDOA A MÃE POR TODO O MAL QUE ELA NOS FEZ. Eu já perdoei minha mãe, há muito tempo – é meu irmão que não consigo perdoar – pelo menos não por enquanto, talvez algum dia. Ken diz que meu irmão está projetando. É com este estrume que eu tenho de conviver. As vozes internas que ressoam como uma estação de rádio mal-sintonizada ou como um disco arranhado repetindo: a irmã horrorosa, a tia irresponsável, a filha desnaturada, a cunhada gananciosa, a fulana mal-agradecida, a beltrana isso... a sicrana aquilo.

É exatamente por isso que eu não gosto de andar a pé.
É por isso que eu prefiro andar de táxi.

Sou conduzida até o segundo andar, digito o código que me informaram para abrir a porta e entro no apartamento. Seus ocupantes não têm liberdade para entrar e sair. Eu me dou permissão para entrar no apartamento dela. Ela está reclinada em sua espreguiçadeira. A enfermeira está ali, administrando alguns medicamentos – minha mãe volta para mim um olhar totalmente inexpressivo. *Sua aparência está ótima.* Nenhum sinal de maquilagem, o cabelo grisalho e bastante comprido – muito diferente do cabelo castanho e corte jovial, a pele radiante.

Em seguida, ela desvia o olhar de mim, fecha os olhos. Suponho que tenha voltado a dormir.

"Oh meu deus, mas é minha filha, Amy",

ela diz ao voltar de novo o olhar para mim. Seus olhos brilham um pouco mais, irradiam um legítimo entusiasmo.

Aproximo-me e ela pega minha mão e beija cada um dos dedos. *"Amy, minha pintinha."*

Ela sempre me chama de sua *"pintinha Amy"*.

CINQUENTA E DOIS

Como eu cultivo o *meu* jardim

MEU AMIGO ME ENVIA UM E-MAIL.

Ele está totalmente desperto, são 2h37 da madrugada e ele despeja neste e-mail tudo que está pesando em seu coração. Sua relação de mais de quatorze anos acabou abruptamente e ele admite estar com o coração partido, triste, tão triste ao ponto de ficar na cama com a cabeça enfiada debaixo das cobertas, porque, pelo que parece, sua ex está vivendo muito bem sem ele. Ela arranjou um novo namorado, mudou de emprego, de apartamento, e ele não consegue, por nada deste mundo, entender como ela pode estar se virando tão bem sem ele – tão rapidamente.

Eu digo que entendo. Mas na realidade não entendo, porque eu nunca – com exceção de meu casamento – tive uma relação tão duradoura; e a última relação de duração média que eu tive era tão completamente errada que eu soube, desde o primeiro encontro, que não ia dar certo, mas permaneci nela por mais de quatro anos. *Sei, sei, sei...* O QUE EU ESTAVA PENSANDO? Vou dizer, eu não queria magoar o cara. Por isso, permaneci por mais de quatro anos numa relação que deveria ter acabado na primeira noite em que saímos. E apesar de eu me sentir uma total idiota até mesmo ao admitir isso, também conheço mulheres que mantiveram relações por mais de vinte anos simplesmente porque um dia entraram nelas.

Meu amigo me envia um e-mail àquela hora da madrugada porque sabe que as chances de eu estar em pé são bastante altas.

Estou começando a achar que o problema não é mais a insônia ou menopausa, mas que todo o meu relógio biológico mudou e que eu estou em alguma área de fuso horário onde as mulheres não dormem e ficam zanzando feito zumbis. Olho para Ken com sua venda de camurça verde, combinando com os tampões de ouvido também verdes, novinha em folha, cobrindo seus olhos, vejo um sorriso abobalhado na cara e não consigo deixar de pensar que um bom jardineiro não fica se preocupando se as sementes plantadas vão ou não germinar. Um bom jardineiro não fica parado em cima das sementes esperando e esperando – um bom jardineiro prepara a terra, planta as sementes, rega as plantas e tem fé, *uma crença total*, de que, em algum momento, dentro de qualquer que seja o período de tempo necessário, surgirá uma flor, um legume ou alguma coisa verde, algum broto ou botão – e um bom jardineiro sabe que certas plantas, sementes, flores e vegetais podem morrer, e que ele sofrerá por um momento, mas em seguida, muito provavelmente ele as deixará murchar e, na hora certa, voltará a plantá-las.

EU NÃO SOU JARDINEIRA. NÃO TENHO PACIÊNCIA PARA DEIXAR QUE AS PLANTAS CRESÇAM. *Para dizer a verdade, é por isso que a nossa vida sexual tem sido um tanto quanto limitada nesses últimos anos.* Ken é do tipo que tende a não se preocupar. Eu sou do tipo que quer "arrancar o mal pela raiz". Temos muitas diferenças que se opõem. Duvido muito que se ele e eu fôssemos mais iguais, essa paixão entre nós teria durado todo esse tempo.

Meu amigo diz em seu e-mail que não tinha muita paciência com sua agora ex-namorada e que talvez tenha sido por isso que ela o tenha deixado – que ele era impaciente e se sentia pressionado, mas agora está ressentido e não quer sair da cama. *Eu digo a ele que conheço muitas mulheres que não querem sair da cama, mas nenhum homem. Simplesmente não conheço nenhum homem que fique na cama com a cabeça enfiada debaixo das cobertas. Nem mesmo os meus amigos que são gays fazem isso. Em situações de crise, eles fazem tratamento facial.*

A primeira coisa que eu pergunto no e-mail seguinte é se ele ainda a ama, porque dessa resposta depende o tipo de ação a ser tomada. Eu digo que, se ele ainda a ama, ele deveria sair da cama, tomar uma chuveirada, lavar o cabelo, comer algo e IR FALAR COM ELA. Um buquê de flores é um gesto que agrada, mas não do tipo barato... que seja uma braçada de flores brancas, uma dúzia de rosas ou mesmo uma orquídea – as orquídeas são muito atraentes e duradouras, mas deve-se certificar que os botões estejam rijos. Se ela não gosta de flores, *eu o aconselho a lhe dar uma assinatura de revista, que é sempre uma segunda opção.*

Enquanto aguardo a resposta dele às minhas sugestões, eu prossigo com minhas tarefas virtuais: leio outros e-mails, consulto meu horóscopo semanal (que não é nada animador, a não ser para um dia no meio da semana, quando, de acordo com o astrólogo, eu posso acabar me agarrando a algum padrão, em consequência de Mercúrio estar em movimento retrógrado), respondo a outros e-mails, procuro no Google lugares distantes onde passar férias maravilhosas, verifico os preços das passagens aéreas, até que finalmente... chega um e-mail dele, sua resposta.

"Não, acho que não a amo mais. Não, não estou mais "apaixonado" por ela. Com certeza não. Absolutamente não. Estou magoado, com muita raiva e não consigo acreditar que ela tenha sido capaz de fazer isso comigo. Fui largado. Vivíamos juntos há apenas três semanas – todas as roupas dela estavam penduradas no armário. E de repente, ela simplesmente foi embora. Se eu a amo... não, eu não a amo, sabe o que, neste momento, neste exato minuto, neste minuto, eu nem mesmo gosto dela. Ela me feriu, não me disse nada. Simplesmente me deixou. Ela me fez colocar carpete por sobre o piso de madeira, de uma parede à outra. Eu detesto carpete. Fiz isso por ela."

ENTÃO, NUM E-MAIL CHEIO DE MEANDROS, EU PERGUNTO SE ELE JÁ HAVIA CONSIDERADO A POSSIBILIDADE DE ELA ESTAR PASSANDO POR UMA CRISE DE MEIA-IDADE, porque ela está com mais de cinquenta anos, e confesso para ele que, nos últimos anos, eu não tive nenhum dia tranquilo tomando sol na praia. Que o problema todo envolve muita REAÇÃO e que às vezes, na maioria das vezes, a pessoa fica tão fora de si que, sem pensar, pode atacar com muita, muita crueldade, porque, às vezes, a gente tem vontade de simplesmente *saltar fora da própria pele* e fazer com que a outra pessoa tenha uma mínima ideia do que são os "SINTOMAS" da meia-idade que a gente está vivendo. E enquanto eu estou me esforçando para colocar o que penso num e-mail... chega outro e-mail dele, que eu leio antes de terminar de escrever minha "mensagem de preleção", que é como Ken costuma se referir a esse tipo de e-mail meu.

O e-mail diz:
"Ela vai se casar com o cara, Amy – ELES VÃO SE CASAR."
Caramba. Por essa eu absolutamente não esperava. Apago toda a mensagem brilhante que havia escrito e envio para ele o seguinte e-mail: SUGESTÃO DE AMY SOBRE COMO CULTIVAR UM JARDIM:

"*Você tem de arrancar o problema todo pela raiz. Simplesmente arrancá-lo.* Só, assim, não haverá volta. E sugiro que você compre algum tipo de herbicida líquido num frasco com spray para espalhar por todo o perímetro de seu apartamento."

Alguns dias depois, fico sabendo, através de uma amável mensagem de agradecimento, que ele fez coisa melhor – *arrancou o carpete de todo o apartamento.*

CINQUENTA E TRÊS
Não consigo dormir

Estou ansiosa, irritável, preocupada e desidratada. Talvez se deva ao mercado de ações. É possível. Já nem me dou o trabalho de conferir as demonstrações mensais das perdas sofridas. Para que, com que propósito? Gosto de fazer de conta que minha conta bancária é de mentira. Isso me dá uma falsa sensação de esperança e segurança. Todas as pessoas que eu conheço estão suspensas por um fio, ontem tinham dinheiro, hoje não têm mais. Nosso corretor me aconselha a dar uma olhada nas demonstrações de abril e maio – um período melhor, ele acredita. *Não sei como é para você, mas a ideia de "dar uma olhada" nas demonstrações não me infunde muita confiança.* Eu simplesmente continuo fazendo de conta e, simultaneamente, minhas preces/cantos budistas. Uma amiga me envia um monte de afirmações para atrair a abundância, que eu adapto à minha própria afirmação de abundância. Acho que é a coisa certa a ser feita, porque é minha afirmação pessoal, uma com nome do usuário e senha.

Eu sou uma mulher com recursos ilimitados e tenho mais riquezas e segurança do que sei o que fazer com elas e dividirei toda a minha fortuna com os menos afortunados; portanto, por favor, ajude-me, se puder, a recuperar todo o dinheiro perdido. Serei uma boa mulher e doarei parte de meu tempo a qualquer causa que parecer apropriada.

Percebo que essa não é absolutamente uma afirmação de abundância, mas mais um apelo, ou uma espécie de barganha. Eu nunca fui boa em fazer afirmações – acabo sempre dando voltas e fazendo um monte de trapalhadas, que começam com *"Eu vou fazer o que meu coração mandar e cumprir meu destino"* e acabam em canto e dança enfadonhos, e sempre sinto a necessidade de incluir outras pessoas em minhas afirmações, como por exemplo: *Eu vou criar abundância e seguir na direção de meu maior sonho, mas levarei comigo cento e duas pessoas, adultos e crianças, do estacionamento do Price Chopper, e colocarei meu sonho de lado para que eles possam passar uma tarde jogando boliche e tendo uma farta refeição.* Dizem que isso é típico de quem não se sente com DIREITO. Não "direito de posse" que, em minha abundância de sabedoria, eu entendi ser um negócio totalmente diferente – se sentir com direito envolve saber e acreditar que algo é seu por direito. Essa é uma questão que me diz respeito, num nível muito profundo. Não me sentir com direito é algo... terrível.

....de volta às minhas preocupações, ansiedade e desidratação.

TALVEZ SEJA PORQUE TODO MUNDO QUE EU CONHEÇO OU JÁ PERDEU O EMPREGO OU ESTÁ DE AVISO PRÉVIO E ISSO ME DEIXA APAVORADA. Você sabe por que isso me deixa apavorada? Porque eu não tenho mais dinheiro o bastante para sustentar todos os amigos que um dia terão de morar comigo porque suas casas foram penhoradas. Talvez seja porque eu não lembro das coisas quando acordo. Como com quem eu jantei e tomei alguma bebida na noite anterior. Talvez porque nós temos agora dois gatos e isso significa preocupação pelo dobro de tempo. E tudo isso me causa uma tremenda dor de cabeça latejante.

Eu digo a Ken que estou preocupada, ansiosa e irritável. Ele responde prontamente com a sugestão: *"Que tal a gente fazer sexo? Isso faria você se sentir melhor."*

COMO É QUE PODE ALGUÉM NÃO SABER O QUE DIZER EM CERTAS SITUAÇÕES? Como o que minha mãe disse a uma amiga cujo marido havia morrido de repente de um ataque cardíaco, há muitos e muitos anos (muito anos antes de ela sofrer de demência):

"Sinto muito por você ter perdido seu marido. Eu sei o que é isso. Eu perdi as chaves."

Eu decido passar o aspirador de pó na casa.

CINQUENTA E QUATRO
Querido penico (Amy)

Minha *amiga* me deu o fora.
Isso foi algo total e absolutamente inesperado. Na realidade, eu posso e vou classificar isso como um choque. Uma daquelas situações "por que raios, meu deus, isso tinha de acontecer comigo?" Mas... pensando melhor, não é bem assim. Não é bem um choque, não propriamente.

TUDO COMEÇOU NUMA TÍPICA MANHÃ COMUM DE NEVE.

Ken preparou, como de costume, um bule de café Bustelo, que, por quatro dólares a embalagem a vácuo de um quarto de quilo, supera meio quilo de café bem torrado de qualquer outra marca que custa doze dólares. Bustelo é ótimo, o verdadeiro café cubano. Ele serve uma xícara para cada um de nós (ele é um cara atencioso), lê o *New York Times* (enquanto eu passo os olhos por ele) e, em seguida, falamos sobre nossos planos individuais para o dia. Eu vou escrever, ou fazer de conta que estou escrevendo. Ken vai consertar ou trocar a parte do cercado que foi destruída por alguns veados tentando entrar e sair de nossa propriedade. Ele vai trabalhar no cercado pisando sobre uma camada de neve de dez polegadas. Até hoje, não entendo por que ele faz isso. Mas quem sou eu para tirar seus pequenos prazeres insignificantes. Ele veste seu macacão para neve Pillsbury Doughboy e eu vou para o meu quarto. Recito mantras, abro e-mails, não, não é nessa ordem; primeiro, eu *abro e-mails* e depois recito mantras – e, maravilha, já estou me sentindo melhor. Em seguida, faço minhas chamadas matutinas a minhas amigas. É a rotina. Conversa fiada. Deixo alguns recados. Uma amiga em particular não retorna minhas ligações há três dias.

Eu deixo uma mensagem que acredito ser num tom agradável e divertido. Uma fala ininterrupta por um minuto, sem deixar, no entanto, de ser agradável e divertida. O tipo de mensagem que eu sempre apontei meu indicador para Ken por deixar – você sabe, daquele tipo com tanta conversa mole que você tem de ouvir pelo menos dez vezes para saber o que a pessoa está querendo dizer.

Ela, a minha amiga, aquela que me deu o fora, não retorna a chamada, o que, nesse momento em particular, não é nada surpreendente. Sempre foi uma marca registrada dela. Não retornar as chamadas. É tudo parte de um jogo – *corra atrás de mim, ah, você me pegou!* – para fazer charme e mistério. Recuar, se afastar para ver se você aguenta o tranco, esperando que ela retorne suas chamadas ou e-mails, o que ela vai fazer só quando estiver a fim. Ou, como nossa amiga comum observou tão sabiamente, com esse tipo de comportamento, ela se mantém no controle absoluto. De bom grado, eu abandono o controle quando deixo de sentir o desconforto e incômodo dos contínuos ataques emocionais (feitos por mim mesma): *Por que, oh, por que raios, ela não retorna minhas chamadas?*

O QUE ME LEVA À SEGUINTE CONCLUSÃO: Tudo que resulta do fato de as pessoas não retornarem as chamadas é uma desnecessária espiral descendente de tormento que elas mesmas se infligem – O

QUE FOI QUE EU FIZ DE ERRADO, O QUE FOI QUE EU DISSE PARA PROVOCAR TODO ESSE SILÊNCIO? – *voltando atrás para rever tudo que disse, para descobrir se algo que foi dito ou feito pode ser retirado ou corrigido –* será que ela ou ele já abriu o e-mail, abriu a caixa de enviados para ver se ele foi lido e quando? Por que não responde – e ficar nesse tormento até sua cabeça explodir em

sete mil estilhaços.

E eu gostaria de dizer extraoficialmente que, quando ainda não existia o IDENTIFICADOR DE CHAMADAS, você podia ligar para a dita pessoa e se, por acaso, ela atendesse, saber que ela estava em casa e, com isso, ter mais motivos para se atormentar. *Mas hoje, com o identificador de chamadas, ninguém mais precisa dessa brincadeira. Todo mundo sabe quem está chamando.* Talvez seja eu, mas eu gostava da surpresa de, ao pegar o telefone, ouvir a voz de quem eu não esperava do outro lado da linha. As únicas ocasiões em que você não sabe quem está ligando são aquelas em que aparece NÚMERO NÃO IDENTIFICADO ou é um operador de telemarketing. E... e... todos nós recorremos a essas mentiras. *Oh, eu não estava em casa* ou *eu havia saído para fazer compras. Oh, deve ser porque eu estava no chuveiro e não ouvi o telefone tocar.* CONVERSA MOLE. Todos nós verificamos o identificador de chamadas e, ao saber quem estava chamando, decidimos: "Não, eu não estou a fim de falar com ela. Ou com ele." Eu já vi isso com meus próprios olhos quando estava na casa de alguém e, ao tocar o telefone, a pessoa ao ver no identificador de chamadas quem era, não atender e depois dizer à pessoa que havia ligado que lamentava muito não estar em casa quando ela ligou. Você estava sim. *Peguei você de calça curta.*

E é claro que existem milhares de motivos legítimos para alguém não retornar uma chamada. A morte é um desses motivos legítimos. Mas ele só pode ser legitimado se a pessoa que não retornou a ligação é a própria pessoa que morreu. Porque, por mais que pareça falta de educação, as pessoas fazem chamadas em funerais. Elas fazem chamadas telefônicas, negócios, ligam para seus corretores, compram e vendem ações, alugam apartamentos e compram carros. É falta de educação, mas fazem. O telefone celular se transformou no novo chiclete de bola.

A única diferença está no grau de falta de educação; não dá pra grudar o iPhone embaixo da cadeira quando você é pego soprando a bola no ouvido de alguém. Você tem de tratar de rapidamente colocar o aparelho no bolso e rezar para que ele não toque, vibre ou fique tocando alguma musiquinha a intervalos regulares.

ORA, ESTOU, COMO DE COSTUME, FAZENDO DIGRESSÕES – VOLTEMOS À VACA FRIA, OU À DITA CARTA DE ROMPIMENTO.

Com o passar dos dias e ela não retornar as chamadas, eu parei de pensar no assunto. Era o modo de agir dela. A responsabilidade não era minha. Ela fazia isso com todo mundo.

Mas Ken trata de me lembrar que isso sempre é um sinal de que algum dia tudo acabará repentinamente e que nesse dia você dirá a si mesmo que já sabia. Eu sabia, pressentia que ele ou ela ia me magoar, me abandonar, dar as costas para mim, me ignorar, me desprezar ou simplesmente me deixar na mão ou... a ver navios.

Na caixa de entrada, há um e-mail dela e como assunto, consta: "re: hello". Eu suponho que ele diga algo do tipo: "Desculpa por não ter retornado a sua ligação. Estava ocupada. E bla bla bla...."

Mas o que eu recebi foi uma carta de duas páginas em espaço simples – com marcadores para sequenciar os itens – *me mandando pro inferno*.

Tudo bem. Eu a leio, passo os olhos por ela, de cabo a rabo. E estou absolutamente certa de que esse e-mail era destinado a alguma outra pessoa chamada Amy. Tenho certeza disso. Entretanto, decido que, quando tudo estiver em silêncio, sem ninguém por perto (Ken) para me espionar, eu voltarei a ler o e-mail para me assegurar de que ele é de fato para outra pessoa chamada Amy e que sentirei muita tristeza e muita pena dessa outra Amy, porque ao percorrê-lo com os olhos, percebi que era uma mensagem muito maldosa e desaforada.

Ken está dormindo. Eu não. Levanto da cama e vou para o meu quarto. Ligo o computador e abro os e-mails, sentindo que a tensão está aumentando. Uma sensação bastante desagradável de suscetibilidade, que eu costumo chamar de "condenação": um aperto no peito, um nó na garganta, ombros rijos, juntamente com uma aceleração dos batimentos cardíacos. Constato, surpresa, imediatamente que a carta/e-mail é mesmo para mim. Agora, já não tenho mais tanta certeza de querer relê-la. Leio, portanto, outros e-mails, pesquiso com a ajuda do Google imóveis da região e inspiro profundamente antes de deixar que a curiosidade leve a melhor sobre mim. Reabro o e-mail "re: hello".

A primeira coisa que me vem à mente enquanto leio suas duas páginas: Mas, meu deus, ele é mesmo para mim. Se a pessoa a quem ela está se dirigindo é mesmo eu, eu não gostaria de ser minha amiga. Eu também romperia comigo. E talvez até recorresse a alguma ordem judicial para impedir que ela entrasse em contato comigo. A pessoa que ela descreve é um monstro horrível, sem qualquer consideração, egocêntrico, cruel e medonho. O e-mail despeja raiva, ódio e vômito.

Fico sem fala.

Sentada diante do computador com os olhos grudados na tela. Como é noite avançada, não há ninguém para quem eu possa ligar, e um e-mail não vai satisfazer minha necessidade de obter uma resposta positiva imediata. Estou sozinha. É claro que eu brinco com a ideia de acordar Ken, mas não estou a fim de ouvi-lo dizer que havia me avisado. Deixo-o dormir. Embora, pelo barulho que faz, o monstrengo que a minha amiga está atacando, em seu e-mail virulento, seria capaz de fazer seu marido se borrar de medo, mas é claro que não sou eu.

É aí que todos os meus anos de budismo entram em cena:

O que todos nós sabemos no fundo de nossa alma é quem somos, especialmente no meio da noite, quando tudo está calmo e estamos a sós com nós mesmos. Sabemos a verdade a respeito de quem somos. Quando estou deitada na cama olhando para o ventilador de teto porque não consigo dormir – eu sei exatamente quem eu sou. Quando estou sentada diante do computador, e tudo está calmo, e eu estou com os olhos fixos em sua tela, *eu sei quem eu sou. Conheço todos os meus defeitos, minhas idiossincrasias, minhas peculiaridades, minhas manias, tudo que tenho de negativo, todas as minhas nuanças, as mentiras brancas que prego, todas as excentricidades, minhas irritações e minhas limitações e todas as minhas fraquezas. Também conheço cada pedacinho de minha bondade, minha amabilidade e generosidade – cada pedacinho dessas qualidades.* E, em geral, eu não me importo quando alguém aponta meus defeitos. Posso reagir de maneira um pouco irracional e emocional e mandá-los na cara pro inferno, mas mais comumente eu concordo com o que dizem. E sou para as minhas deficiências como a galinha é para seus pintinhos.

INSPIRO PROFUNDAMENTE antes de começar a responder cada item de acordo com o que eu lembro e do meu ponto de vista. Uma contra-argumentação. E acrescento:

"E a propósito, a mulher que você descreve em seu e-mail é uma pessoa horrenda e sórdida. Eu tampouco ia querer ser amiga dela."

E exatamente como o meu médico maluco, ela também está acordada no meio da noite, e conectada. Ela me envia um e-mail dizendo que eu precisava ler as entrelinhas, que todo seu ódio e raiva eram na realidade de muito tempo atrás, que haviam se acumulado a tal ponto que ela sentira necessidade de me pôr no meu lugar e de "DESPEJAR" tudo em cima de mim. E agora que já havia despejado estava se sentindo muito melhor. E que ela não estava nem aí para os meus sentimentos, porque era ela que estava precisando "VOMITAR" (a palavra é dela, não minha).

A imagem de "ser vomitada" me fez lembrar do filme *Carrie* com Sissy Spacek.

"Por favor, peço apenas que você apague o e-mail anterior, pois vou recolocar a coisa nos seguintes termos: a mulher que o enviou para mim

é uma pessoa má que só pensa em si mesma. Não quero, portanto, tê-la como amiga."

Sinto-me bem, fortalecida. Imagino Ken dizendo que você (você em geral, ninguém em particular) sempre sabe quando esse tipo de coisa vai acontecer. O eventual término, o fim de uma relação – quando tudo é liquidado com cinquenta por cento de desconto. Você sabe, pressente isso, mas simplesmente não dá atenção. Eu me sinto forte e poderosa.

Ela responde com outro e-mail:
"EU AINDA NÃO ACABEI."
Ah não?
Visualizo facões de açougueiro:
SENHA E NÚMERO DE IDENTIFICAÇÃO PESSOAL ROUBADOS.
Contas bancárias esvaziadas.
ANIMAIS MORTOS.
Bruxarias.
E vomito, vomito muito.

E assim, o que começou num típico dia normal de neve... tornou-se um filme de terror – ou como Ken gosta de se referir ao caso: *Sangue sobre a Neve.*

CINQUENTA E CINCO
Oh, o grande dia

22 de maio de 1993 – O dia de nosso casamento.

O relógio marca 1h47 da manhã.

Estou sentada com as pernas cruzadas no centro de meu quarto, no meio de um tapete pequeno que, a propósito, tem pouco ou nenhum significado para mim. É um tapete velho, que já devia ter sido jogado fora – ou dado – há muitos anos, mas não foi, não apenas por excesso de preguiça, e só deus sabe como preguiça traz mais preguiça. Por isso, ele continua aqui e eu estou sentada sobre ele de pernas cruzadas e rezando para não contrair alguma infecção bacteriana do que quer que possa estar escondido entre a trama desse velho tapete puído e fedido de mijo de gato. Estou sentada no centro do tapete no meio da noite. Há coisas que você joga fora e outras que você conserva. Esse tapete faz parte daquelas que a gente decide conservar.

Estou olhando para antigas, muito antigas, fotografias de álbuns também antigos e pilhas de outras fotografias que guardo em diferentes envelopes de papel-manilha, todas esparramadas por todos os lados. Eu decido, por puro fastio, rearranjar alguns álbuns de fotografias, organizar o álbum de meu casamento, que eu não via há muito tempo. Fico surpresa diante da constatação de que *(a) eu era tão magra; e (b) Ken parecia ter – como dizer? – segundas intenções.*

Alguns fragmentos de informações pertinentes:

Todos os casais que estiveram em nosso casamento, com exceção de Bob e Tony, que estão juntos há séculos e vão continuar juntos para sempre, e Panda e Guido (apelidos, não ursos polares) que também estão juntos para sempre – oh,

E, sim, também meu irmão e minha cunhada – *todos os outros casais não estão mais juntos.*

DIVÓRCIO, MORTE, SONEGAÇÃO INOPORTUNA DE IMPOSTOS, INFIDELIDADE, OH... DISSOLUÇÕES, FRACASSOS E TUDO MAIS QUE VOCÊ QUISER – ESTÃO NESSAS FOTOS. Em quase cada uma das fotos, uma mesa completa de casais que não estão mais juntos. Cinquenta e duas pessoas no total e vinte e dois casais desfeitos, casamentos acabados, dissolvidos. Se você tivesse estado em meu casamento, o mais provável é que a essa altura já estaria divorciado ou em processo de se divorciar. Senão morto. Nós tínhamos amigos que estavam traindo seus cônjuges com outros amigos que estavam traindo seus cônjuges com outros amigos e todos eles ESTIVERAM EM NOSSO CASAMENTO. Imagino que a nossa foi a única festa de casamento em que os boxes dos banheiros estiveram ocupados o tempo todo. E Ken e eu nem tomamos conhecimento, porque, bem, porque estávamos nas nuvens. Estávamos casando, e o que eu não sabia uma hora antes da cerimônia, mas que sei agora, é que uma ou ambas as partes do "casal prestes a se tornar marido e mulher" cometeria algum tipo de gafe ou antes ou depois da cerimônia. E sendo eu quem sou, a gafe acabou ocorrendo durante toda a cerimônia matrimonial.

Ela se chama ataque de riso descontrolado. Foi algo que tomou conta de mim, como se fosse algum vírus estranho que penetrou em minha corrente sanguínea. No instante em que o oficiante, sem denominação religiosa, da cerimônia disse: "Estamos aqui reunidos..." Começou com um riso silencioso, que foi subindo rapidamente e estremecendo todo o corpo e, como não saía nenhum ruído da boca, provocava tremores e espasmos na parte superior do corpo, até que atacou a garganta e os olhos, que começaram a arder por causa das lágrimas que escorriam pela face e da risada contida que então explodiu, fazendo contorcer todo o corpo e o nariz escorrer. *É um ataque de riso histérico. Impossível de ser contido.* Ken nunca antes havia testemunhado tal risada incontrolável. Ele sabia que eu tinha essa... essa tendência. Mas ela só se manifestava em certas situações – como estar presa dentro de um elevador, diante de um juiz por infração no trânsito e ao receber uma multa por excesso de velocidade,

Risada puramente nervosa.

Mas tudo é uma lembrança embaçada. Eu havia tomado um comprimido de 10 miligramas de Valium por sugestão de uma amiga. Eu estava nervosa. Preocupada. Devia mesmo casar? Eu tinha necessidade de casar? Eu levava uma vida feliz e satisfeita como solteira. Por deus, eu tinha trinta e oito anos, trabalhava e escrevia, e a ideia de contar para outra pessoa – dividir com ela – tudo que se passava comigo me era tremendamente assustadora. Eu ia "legalmente" dividir minha vida com outra pessoa. *Eu tinha necessidade real de fazer isso? O que eu realmente queria?* Era a primeira vez que eu me casava. Enquanto para Ken era o terceiro casamento. Eu fiquei repetindo para mim mesma que três é um número encantado. E também fiquei me repetindo que talvez Ken não fosse lá tão eficiente em se manter casado. TRÊS VEZES É MUITO. Duas vezes, vá lá.. Todo mundo que eu conheço, de perto, ou está no segundo casamento ou teve um segundo casamento e decidiu parar por aí. MAS TRÊS É UMA CURIOSIDADE. E enquanto eu remoía todos os meus medos e preocupações e passava de novo batom nos lábios, Ken não transpirava nenhuma gota de suor. Frio como um pepino. Bonito em seu terno cinza, sua presença era imponente.

Mas... a questão, o que realmente importava... é que eu estava loucamente, perdidamente apaixonada por ele. E mais do que isso, eu realmente gostava dele.

E QUANDO AGORA EU OLHO PARA AS FOTOGRAFIAS DE NÓS DOIS PRONUNCIANDO NOSSOS VOTOS DE FIDELIDADE UM AO OUTRO, VEJO COM BASTANTE CLAREZA QUE KEN FOI AOS POUCOS SE MOSTRANDO CADA VEZ MENOS À VONTADE E TAMBÉM UM POUCO ASSUSTADO, MAS SÓ AGORA, CARAMBA, EU PERCEBO QUANTO ELE DEVIA ESTAR ASSUSTADO. O modo como ele aparece olhando para mim nessas fotografias parece mostrar que ele sabia que estava se casando com uma doida varrida que havia acabado de sair de um manicômio. É SÉRIO. Eu ria tanto que parecia a ponto de sofrer um derrame, e pior que isso, um derrame cerebral. O que me levaria ao coma. E como Ken não é do tipo de pessoa apropriada para cuidar, quer dizer, ele é ótimo, doce e amoroso, mas não propriamente um cuidador, ele me deixaria ali para sempre em posição fetal. Depois de sete minutos, é verdade, de risada ininterrupta, o oficiante, sem denominação religiosa, da cerimônia conseguiu dizer: "*Muito bem, vamos prosseguir logo com isso – senão, não vamos acabar nunca.*" E voltando-se apenas para Ken: "*Tudo bem para você, Kenneth?*" Ken assentiu. A minha maquilagem escorria pelas faces. Numa das fotos, meu pai está olhando para mim e imagino o que está se passando por sua cabeça: "*Oh, meu deus, por favor, tome conta de Ken de agora em diante – pois como você pode ver, não vai ser nada fácil conviver com ela.*" Isso na visão de um homem que não era absolutamente religioso, mas eu acredito que deus – ou algum ser superior a nós – foi procurado naquele dia por muitas pessoas. Mas não por meu Ken, cuja única religião que sempre praticou desde que o conheço é prostrar-se diante do altar do time de beisebol New York Giants.

Tudo isso vinha de um lugar que eu jamais soubera que existia.

E com aquela risada, eu mostrava claramente que estava completamente doida e fora de mim.

Fomos declarados marido e mulher e Ken recebeu a permissão para beijar a noiva – eu – e o oficiante, sem denominação religiosa, da cerimônia desejou muita sorte a Ken, e a mim, fez um aceno e deu uma palmadinha suave no braço, antes de disparar, acompanhado de sua esposa, para fora da sala tão rapidamente que eu nem consegui convidá-lo para tomar um gole do champanhe de "congratulações".

Retirei-me e fui me sentar no banheiro "nupcial" – um pequeno toalete feminino, decorado com lindas estatuetas de vidro e frascos de perfume perfeitamente alinhados e um arranjo maravilhoso de orquídeas brancas. Fiquei ali sentada por bem uns quinze minutos. Acabada a risada histérica, e lavada a cara de toda lambujem da maquilagem, eu inspirei profundamente. Não era humilhação o que eu estava sentindo. Nem constrangimento nem vergonha. O que eu estava sentindo era assombro diante do que havia acabado de fazer...

Casamento? O que significava isso? *Eu gostava de viver sozinha, de ter meu próprio espaço, meu pequeno lar, uma cama inteira para me esparramar. Adorava passar todas as horas da noite vendo televisão (diferentemente de hoje) – quando realmente curtia assistir a filmes antigos tarde da noite,* talvez porque fosse solteira e adorasse aquelas histórias de encontros, em que o rapaz conhecia a moça, perdia a moça e depois conhecia outra moça, a moça conhecia outro rapaz, mas não era o rapaz certo nem a moça certa, até aparecer a moça certa e as outras levarem o fora e as duas que levaram o fora tramarem algum plano... *e eu também adorava dançar em minha sala ouvindo pelo walkman a voz de Aretha Franklin* de olhos fechados. Eu adorava A TRANQUILIDADE de meu próprio espaço e o ATRAVANCAMENTO de minha mente. *E agora eu teria de compartilhar tudo isso.* O que eu mais curtia em viver sozinha era não sentir necessidade de expor nenhuma parte de mim. Naquele momento ali no pequeno banheiro, eu percebi que *talvez eu tivesse vivido sozinha por tempo longo demais.*

Eu sempre tivera uma sensação estranha de que, depois de oito, talvez dez anos vivendo juntos, as pessoas deixam de ter o que dizer uma à outra, especialmente se passam muito tempo juntas. QUER DIZER, O QUE PODE HAVER REALMENTE DE NOVO? *Tudo bem com você?* Tudo ótimo. *E com você?* Também tudo ótimo. *O que você vai fazer hoje?* Ah, você sabe, o mesmo de sempre. É claro. É claro. Acho que a ideia de Ken e eu não ter mais o que dizer um ao outro me paralisava. Receava virar uma chata. Para mim não importa o fato de ficar velha. Absolutamente. *Mas ser uma chata, isso sim me incomoda muito.*

Minha sobrinha, que na época tinha por volta de sete anos, uma menina linda como uma flor, entrou no banheiro e sentou-se ao meu lado. Pegou a minha mão. E ficamos ali sentadas sem dizer nada.

Lembro do que o filho de uma amiga disse quando ela perguntou – gritando para o espaço – para ninguém em particular, "PARA QUE SERVE AFINAL O CASAMENTO?", quando ela e seu marido estavam em meio a uma tremenda discussão:

"Serve para você ter um lugar especial para sua escova de dentes ao lado da do papai. Para que assim as escovas nunca fiquem sozinhas. E você pode limpar a escova de dentes dele sem dizer nada e ele pode limpar a sua, também sem dizer nada. E isso é muito bom, porque vocês ficam com os dentes limpos."

Dezesseis anos mais tarde –

Eu continuo dando risadas com Ken.

Então.

Agora.

CINQUENTA E SEIS

Uma fantástica ideia culinária

Estou acordada.
NÃO HÁ NADA PARA SE COMER EM MINHA GELADEIRA.
ABSOLUTAMENTE NADA.
Algo que parece um limão,
mas pode ser um pedaço de queijo.

Esta é a geladeira que temos no apartamento em Nova York. Está sempre vazia. Comemos fora ou fazemos pedidos de comida pronta para entrega quando estamos em Nova York. É extremamente raro eu cozinhar quando estou em Nova York.

Na Pensilvânia, a nossa geladeira está sempre cheia, repleta de todos os tipos de comida. Há comida suficiente nela para fazer um banquete para quatro, cinco ou talvez até seis pessoas.

Na Pensilvânia, onde nós moramos, há apenas um supermercado – UM ÚNICO – a uma distância de vinte minutos de carro. E dois supermercados a uma distância de meia-hora de carro. Por isso, todas as compras de comida são feitas em Nova York e transportadas para a Pensilvânia. Com isso, podemos passar algumas semanas sem nem mesmo ter de sair de casa. Há muito poucos restaurantes nas proximidades. E nenhuma possibilidade de ter comida pronta entregue em casa.

E...
A VANTAGEM É que eu posso acordar no meio da noite e preparar uma receita de pasta puttanesca, ou improvisar algo como um salpicão de frango ou até mesmo uma receita tailandesa de arroz com curry e jasmim, quando estou com muita fome e vontade de comer algo exótico.

Bem, talvez não a receita tailandesa. Mas o prato improvisado de salpicão de frango parece apetitoso, pelo menos para quem, como eu, não segue nenhum regime vegetariano. O fato é que, quando estou em casa na Pensilvânia, e acordo no meio da noite, tenho muitas opções de comida para escolher degustar.

MAS NO APARTAMENTO DE NOVA YORK, TUDO QUE EU ENCONTRO DISPONÍVEL PARA COMER É CHIPS E UMA PASTA DE GRÃO-DE-BICO. MAS COMO O GRÃO-DE-BICO PARECE DUVIDOSO, NA VERDADE, NÃO HÁ NADA PARA EU COMER.

Epa, espera aí, mas tem uma ração para animais...

E assim, estirada na cama do apartamento, morta de fome, eu fico pensando e acabo tendo uma ideia: *Uma ideia para as mulheres na menopausa que estão com fome e necessitadas de uma boa dose de proteínas quando acordadas no meio da noite.* É uma ideia brilhante; eu me acho um verdadeiro gênio por concebê-la, e aguardo ansiosa a hora de expô-la a Ken pela manhã. Uma ideia com a qual nós vamos ganhar rios de dinheiro.

CARDÁPIO

PAUSAS

Pratos para viagem preparados por mulheres para mulheres e entregues em domicílio por mulheres. Vinte e quatro horas por dia e sete dias por semana.

Nunca mais nenhuma mulher terá de passar fome (no meio da noite).

CINQUENTAS E SETE
Ligando os pontos

Estou acordada, consumindo-me com preocupações de que devo ter algum tumor no cérebro, porque estou com estranhas dores de cabeça e a face dolorida. Parece que é apenas num dos lados da cabeça e sinto como se a face, juntamente com todo esse lado da cabeça, fosse explodir. Talvez seja câncer no cérebro, eu penso, porque é em geral o que eu vou procurar na Internet quando não estou me sentindo muito bem.

CÂNCER DE PULMÃO, TUMORES NO CÉREBRO, CÂNCER DE CÓLON, LÚPUS, PARALISIA DA FACE, DERRAME OU MINIDERRAME, ESCLEROSE AMIOTRÓFICA LATERAL, SÍNDROME DO INTESTINO IRRITÁVEL, ou qualquer outra doença que eu provavelmente já tive alguma vez, imaginei ou pensei que tinha. É o que eu vou procurar no Google. Tenho outros amigos que também fazem isso, pelo que pude constatar, mas muito mais mulheres do que homens. Alguns de meus amigos homens também fazem isso, mas não na mesma proporção. Absolutamente todas as mulheres fazem isso. Chegamos muitas vezes a comparar as informações que encontramos no Google. E às vezes até a ter as mesmas doenças no mesmo dia e nos perguntar se é por alguma causa ambiental. É claro que, depois de ter entrado nessa, você tem todas as justificativas para querer botar a boca no trombone e colocar toda a cidade tóxica prostrada de joelhos. E então Meryl Streep representa você na versão cinematográfica depois que os direitos autorais do livro foram vendidos para o exterior. E é claro, também o *monólogo de uma mulher* no teatro. E depois vem o PULITZER [prêmio literário] e obviamente todas aquelas homenagens póstumas. E então, você não é mais apenas a mulher que botou a boca no trombone, mas também uma mártir.

E mesmo que você seja budista, a Igreja Católica abre uma exceção para declará-la uma santa.

EU PROCURO NO GOOGLE E, DE ACORDO COM O QUE ELE ME TRAZ SOBRE "TUMORES NO CÉREBRO", EU TENHO TODOS OS SINTOMAS.

A não ser...
Dois *importantes* sintomas, que parecem ser os que realmente contam. E então, é claro, eles indicam outros sites e possíveis links a outros problemas ou lesões no cérebro.

Depois de passar mais ou menos uma hora pesquisando na Internet, eu cheguei à conclusão, estabeleci meu próprio diagnóstico médico, *que o mal de que estou sofrendo é sinusite.*
Não posso afirmar que tenha ficado aliviada. Apesar de estar bastante convencida de que, a essa altura de sua carreira, Meryl Streep não esteja disposta a representar uma mulher com sinusite. É uma doença demasiadamente banal e, como tal, pouco fascinante... a não ser, é claro, que a sinusite esteja de alguma maneira relacionada com uma lesão do nervo ótico que acabe levando-a à cegueira. E é claro que ser uma mulher que, além de ter colocado a boca no trombone, é cega, está destinada a receber o Oscar.

CINQUENTA E OITO
Linha de chegada

Todo mundo já viu esta imagem:

Uma mulher – com o corpo encharcado e reluzente de suor – erguendo os braços para o alto avança rompendo a faixa da linha de chegada. Ela está em êxtase. Exibe um sorriso de vitória juntamente com o número de dois dígitos estampado em sua camiseta esportiva. Ela acabou de completar uma maratona de quarenta e cinco quilômetros.

ELA TEM MÚSCULOS FORTES, PERFEITA FORMA FÍSICA E ESTÁ EXCITADA ATÉ A MEDULA. Depois de tantos meses, e possivelmente até anos, levantando-se às três horas da madrugada, correndo, alongando, mudando hábitos alimentares, sofrendo lesões, enfrentando reveses, desafios impossíveis, tornozelos deslocados, problemas conjugais, treinadores pessoais, para não mencionar sua total e absoluta determinação – todo esse trabalho árduo finalmente recompensou e ela sabe, em cada fibra de seu ser, que isso é apenas o começo.

Ela lutou e VENCEU. E ela continuará treinando e preparando-se para completar muitas outras maratonas – maratonas mais longas, mas árduas e mais cansativas. E ela sabe, quando se olha no espelho – seja de um armário de remédios ou um espelho de corpo inteiro do vestiário – que realmente se tornou uma pessoa de corpo perfeitamente sarado e de uma extraordinária aptidão tanto física como emocional.

Essa mulher... não sou eu.

NO ENTANTO, EU ESTOU NA LINHA DE CHEGADA DE UMA MARATONA TOTALMENTE DIFERENTE, QUE COMEÇOU SEIS ANOS ATRÁS. Eu também passei muitas noites transpirando profusamente e, embora talvez as gotas de meu suor não tenham reluzido tão explicitamente, houve também algumas ocasiões em que eu tive de me despir completamente em banheiros públicos. Isso é verdade. E usei tanto toalhas de papel grosseiro como os extraordinariamente ruidosos secadores de mão para me secar – da cabeça aos pés. Isso me fez muitas vezes pensar que deveria existir uma MEDALHA DE OURO para ser concedida pela elegância de retornar à mesa – onde o marido sempre tão paciente e os maravilhosos amigos sempre tão compassivos me aguardavam.

ESSA NÃO É UMA FAÇANHA DE MENOR IMPORTÂNCIA.

Eu nasci com o cordão umbilical apertado em volta do pescoço. Minha mãe achava que eu fosse morrer sufocada. Meu pai tentava acalmá-la, dizendo que o médico ia cortá-lo antes de eu morrer sufocada. *E há a suspeita de que na realidade foi meu irmão quem enrolou o cordão umbilical em volta do meu pescoço.* Minha mãe vive dizendo, para quem quer ouvir, que eu vim ao mundo com muita determinação, vitalidade e um LINDO TRASEIRINHO VOLTADO PARA A LUA.

Já considerei muitas vezes o fato de eu ter nascido com o cordão umbilical enrolado no pescoço ser incrivelmente simbólico. Sempre com medo de minha própria voz.

Mas a menopausa rearranjou todo o mapa geográfico – cujo território jamais fora reconhecido ou explorado. Meu marido é testemunha disso. Quer saber o que eu acho que a menopausa traz de realmente importante?

As mulheres não terem mais que pautar suas vidas pelos malditos períodos menstruais.

CINQUENTA E NOVE
Pós-escrito (pós-menopausa)

O que começou como minha jornada através da menopausa – minhas experiências pessoais ao mesmo tempo excêntricas, engraçadas, alegres, estranhas e tristes – de alguma maneira, e de maneira alguma não por coincidência (AFINAL, EU SOU BUDISTA), tornou-se um livro sobre a minha jornada através da menopausa entrelaçada à jornada de minha mãe em seu rápido declínio para a demência. ISSO NÃO FOI PLANEJADO. De maneira alguma. Simplesmente aconteceu. No início, eu pensei: "Aí vem ela roubar a cena; se o meu problema é a menopausa, é óbvio que o dela tem de ser algo como demência...", mas apesar de não ser fácil, a menopausa, comparada com o que minha mãe está passando, é um passeio no parque. A demência é uma doença cruel e implacável. Ela devastou minha mãe. Suas bases físicas, emocionais, espirituais, sexuais, intelectuais, incluindo sua total submissão aos ditames da moda. Quem conheceu minha mãe sabe que NÃO ANDAR NA MODA era para ela o principal motivo de insulto. A primeira coisa que ela fazia quando nos via – seus filhos, netos ou outros membros da família – era espicaçar incansavelmente todos os aspectos de nossa aparência.

Detesto seu cabelo, está curto demais. E esse crespo, detesto esse crespo. Você está sem nenhuma pintura, parece um fantasma, trate de colocar um pouco de cor na cara. E ainda por cima de camiseta e jeans. Detesto essas botas. Afinal, o que você é, uma maldita treinadora de cavalos? Use sapatos de salto alto; afaste o cabelo dos olhos. Sua saia é justa demais, suas calças são demasiadamente largas, a cor de seu suéter é absolutamente inadequada. Nunca, jamais use verde, faz você ter um aspecto doentio.

E assim por diante, indefinidamente...

Afetada pela demência, ela apenas assente e sorri, sem dizer absolutamente nada sobre a nossa aparência, o que provavelmente esteja acrescentando azia crônica, refluxo (ou seria reflexo?) de acidez ou úlceras a seu corpo já deteriorado, por ter de guardar para si mesma todas suas impressões e opiniões.

Eu não fazia ideia de que fôssemos nos encontrar aqui.

NO MEIO.

Nossa relação havia sido tão tensa por tanto tempo e apenas recentemente havíamos começado a deixar de nos relacionar como mãe e filha para sermos amigas.

O PROBLEMA É QUE CRESCER, TANTO PARA MINHA MÃE COMO PARA MIM, FOI EXTREMAMENTE DIFÍCIL – com certeza, eu não facilitei as coisas para ela e nem ela as facilitou para mim. E nunca tivemos dúvidas disso, nem ela nem eu. Tivemos uma relação extremamente atormentada e dolorosa. Eu era rebelde e odiosa, por vezes até realmente hedionda. Eu podia até ser catalogada como uma "ADOLES-

CENTE ENCRENQUEIRA", se quer realmente saber. E ela era uma mãe inacessível, negligente e distante – e com certeza, podia ser catalogada não como uma boa mãe, *pelo menos não boa para mim*. Uma mãe apenas de nome. Essa foi uma relação traçada no céu biológico.

Foi, portanto, aí que nos encontramos.

EU COM CINQUENTA E QUATRO ANOS E ELA COM OITENTA E OITO. Ela está na rota final. Eu estou recarregando minhas baterias para uma aventura totalmente nova que também inclui turismo de ônibus. Ela está no fim da linha. Eu estou exatamente no meio. Eu poderia repisar o fato de ter levado tanto tempo para ter chegado aqui, mas como minha amiga Terri tão amavelmente me lembrou, *"pelo menos, você chegou"*.

O último capítulo, *o epílogo,* é meu tributo à mulher que me trouxe ao mundo. Nós nem sempre gostamos uma da outra, nem sempre nos amamos, muito raramente olhamos uma nos olhos da outra, brigamos como gatos e cachorros, trocamos imprecações como se fossem arremessos de discos de praia e decepcionamos uma a outra com mais frequência do que sou capaz de lembrar. E encontrei muito consolo no fato de, ao envelhecer, ter descoberto meu caminho, me acertado com Ken, me tornado bem-sucedida, ela se sentir orgulhosa de mim, da vida que eu escolhi levar. Devo confessar que houve um tempo, digamos que entre os treze e os vinte anos de idade, em que a vida que eu estava escolhendo levar era provavelmente muito assustadora e perturbadora para minha mãe, meu pai e... também para MIM MESMA.

Mas por dois dias, em minha última visita a ela, eu a amei mais do que jamais havia imaginado ser capaz e finalmente entendi, em cada fibra de meu ser, o vínculo indescritível que existe entre mãe e filha.

EPÍLOGO
DEDICATÓRIA

***

Dedico este Epílogo exclusivamente a Krista Lyons, por ter me encorajado, com seu amor e generosidade, a descer ao fundo de mim mesma *e simplesmente continuar escavando.*

Epílogo
RELAÇÃO MÃE / FILHA – ACERTO DE CONTAS

EU QUERIA QUE MINHA MÃE FOSSE A EMMA GOLDMAN.
É a mais pura verdade.
Isso depois de eu ter assistido ao filme *Reds*.
Mas antes de eu ter assistido ao filme *Reds*, eu queria apenas que ela estivesse acordada quando eu saía para a escola, me desse atenção quando eu estava em casa, cuidasse de mim quando eu ficava doente ou estivesse disponível para mim – *totalmente disponível*. Mas essa não era minha mãe. Ela dormia quase a manhã inteira. Meu pai nos dava ordens para não despertá-la. O que significava fazer silêncio – andar nas pontas dos pés, preparar nós mesmos o café da manhã e o lanche escolar ou ter dinheiro suficiente para comprar um sanduíche, hambúrguer ou um milk-shake na lanchonete das proximidades. Também tínhamos de fazer silêncio nas manhãs de sábado e domingo. Não era apenas nos dias de escola que vivíamos em território proibido – todos os dias eram dias de *"Psiu, deixem a mamãe dormir"*. Naquela época, quando eu era pequena, tudo que

eu queria era que minha mãe estivesse acordada para me dar atenção e cuidar de mim – estivesse disponível.

Você sabe como é: *Que ela simplesmente fosse uma mãe normal.*

Eu queria que ela fosse como todas as outras mães que moravam em nossa rua. Porque elas se levantavam com seus filhos pela manhã, preparavam o café, andavam devidamente vestidas, penteadas, maquiladas e *aprumadas. Aprumada* não era uma palavra que eu associava à minha mãe. A única vez que eu lembro de ver mamãe preparando o café da manhã, ela estava com a cabeça cheia de rolos, usava algo parecido com um roupão e, é claro, num cinzeiro por perto, havia um cigarro queimando, enquanto ela fazia ovos mexidos para mim com muito ressentimento e contrariedade. Como eu não queria dizer a ela que gostaria de ter os ovos mexidos com apenas um pouquinho de leite, exatamente como meu pai fazia, eu não dizia nada, e quando ela me passava o prato com ovos escorrendo, eu os comia. Lembro de contar para os meus amigos, no ponto de ônibus, que minha mãe havia me preparado o café da manhã, como se fosse a coisa mais incrível que pudesse acontecer. Um ritual aborrecido que para eles ocorria diariamente. Para mim, um verdadeiro milagre. As outras mães acompanhavam seus filhos até o ônibus, despediam-se deles com acenos, voltavam para suas casas e trancavam suas portas. Talvez, algumas delas voltassem para a cama, outras talvez fossem imediatamente para o telefone, outras talvez fizessem suas listas de compras e fossem ao supermercado e outras, ainda, talvez se preparassem para ir trabalhar. Mas eu posso afirmar com muita segurança que, enquanto todas as outras mulheres se preparavam para fazer alguma outra coisa depois de terem despachado seus filhos para a escola, minha mãe simplesmente dava voltas no estágio de rápido movimento dos olhos de seu sono. E à medida que fui crescendo, e ficando um pouco mais sábia, eu fui também tomando conhecimento, através dos prodígios da televisão, de muitos outros modelos possíveis de mãe. Eu passei a desejar muitos diferentes tipos de mãe: Laura Petrie, Donna Reed, a Sra. Cleaver, a mãe de Dobie Gillis, a mãe de Richie Cunningham e, é claro, Lucille Ball. Mas verdade seja dita, eu nunca cheguei realmente a ver Lucy propriamente como mãe, muito embora ela tivesse um filho. Mas a mulher que eu realmente desejei do fundo do coração que fosse minha mãe foi Emma Goldman. Uma mulher com muita consciência de si mesma, visão feminista, espírito determinado, uma rebelde, socialista e, sim, também extremamente franca. A propósito, depois de ter assistido ao filme *Reds*, eu também desejei desesperadamente ser Diane Keaton na cena em que ela esperava por Warren Beatty na estação ferroviária, ou para ser mais exata, eu queria ser Diane Keaton na cena em que ela finalmente viu Warren Beatty parado na plataforma. Os olhos de Diane Keaton. O amor, a alegria, a tristeza, a libertação de toda preocupação e de todo medo de que ele não voltasse nunca mais para ela, bem ali, diante dela, diante de seus olhos.

Os olhos dela estão petrificados.
Ela está recostada na poltrona reclinável.
Em tratamento de oxigênio.
Vinte e quatro horas por dia, sete dias por semana.

As enfermeiras atendem às suas necessidades a mais ou menos uma vez por hora. Eu estou sentada ao pé da poltrona reclinável, observando-a dormitar. Ela está pesando mais ou menos 45 quilos. Está vestida com uma camisola de dormir de algodão. Não é sua camisola preferida. Ela parece muito menor e mais magra do que eu lembro da última vez que a visitei. Antes, minha mãe, eu acho, media 1,67 m, ou talvez 1,70 m, sim, 1,70 m de altura. Eu tenho quase 1,73 m. Nós temos mais ou menos a mesma constituição física. Mas agora ela é pequena e frágil e, se estivesse em pé, provavelmente se mostraria ainda mais magra. Estou de visita a ela por dois dias. Dois dias inteiros. Entre doze e treze horas por dia. Estou hospedada no hotel que fica mais abaixo na mesma rua para, por sugestão de Robyn, poder ficar algumas horas a sós e relaxar. Relaxar com um ou dois copos de chardonnay – é também quando eu ligo para Ken, para algumas amigas, abro e-mails, leio-os e respondo-os, assisto ao noticiário, leio um ou dois artigos de revista, abro um livro e procuro dormir um pouco. Estou sentada aos pés dela e observo-a enquanto dormita. Lembro da vida que um dia ela levou, quando a poltrona reclinável era reservada ao meu pai. Privilégio esse que ele curtia com um livro nas mãos. A gente sempre podia encontrar papai na espreguiçadeira, ouvindo seus álbuns e lendo seus autores preferidos. Ethel Merman, Leonard Bernstein, Billie Holiday, Judy Garland, Philip Roth, John Updike, Saul Bellow, Norman Mailer, Ian Flemming e James Michener eram os cantores e autores preferidos de meu pai. Ele adorava ler. E adorava ler no banheiro. Sempre lia quando estava no banheiro. Circulava o boato de que ele certa vez entrou no banheiro com o livro *Hawaii* e passou quase a manhã inteira trancado nele. Enquanto meu pai viveu, era muito raro ver minha mãe na espreguiçadeira. Ela ficava sentada numa poltrona, ou no sofá, tricotando suéteres, fazendo guirlandas de flores (artesanato que ela e minha tia iniciaram num verão e continuaram febrilmente por quase todos os meses de julho, agosto e subsequentes, fazendo todos os tipos imagináveis de guirlandas de flores), sempre trabalhando com as mãos. Ela adorava tricotar. Ela e suas irmãs faziam suéteres, cachecóis e mantas com quadrados multicoloridos em tempo recorde. E muitas vezes, elas competiam entre si para ver quem era mais rápida. *"Veja, Gert, eu já acabei o suéter"*, *"Pois eu, Bea, terminei de fazer um casaco de corpo inteiro"*, *"Adivinhem o que, meninas, eu terminei um conjunto completo de xale, meias e suéter combinando."*

Ele recostado na espreguiçadeira.
ELA SENTADA ERETA.
Ele lia.
ELA TRICOTAVA.

E em certas ocasiões, eles faziam as palavras cruzadas do *The New York Times*, com um dicionário à mão, em geral espremido entre os dois.

Ela adorava ser sua esposa. Ele adorava ser seu marido. E eles tinham dois filhos, um menino e uma menina, com dez anos de diferença, que não se falavam mais.

Eu massageio suavemente seus pés encobertos. Ela sente dor nos dedos dos pés. As unhas estão grossas e sem pintura. Lembro de que fazia os pés todo mês antes de isso ser moda, antes de haver um salão de manicure-pedicuro em cada esquina, em cada quarteirão, em cada centro comercial entre Los Angeles e Nova York. Ela sempre ia ao pedicuro. Os pés ficavam vermelhos. Ela tinha muito orgulho de seus pés lindos, longos e perfeitos. E, às vezes, ela chegava a usar sandálias que deixavam os dedos à mostra até no inverno, porque sabia que seus pés eram sensuais. Pergunto se ela quer que eu tire as meias e ela balança a cabeça dizendo que não e abaixa os olhos. Ela se sente constrangida. Eu entendo.

Todas as fotos que estão ao redor me fazem lembrar de uma mulher que teve seus dias de beleza e esplendor. Não consigo imaginar que a mulher das fotografias ao redor, com sua família, seu marido, seus netos, suas irmãs, sua mãe, seus filhos – seus amigos – não consigo imaginar que ela algum dia tenha podido imaginar que sua vida acabaria ali naquelas condições. Numa poltrona reclinável, conectada a um aparelho de oxigênio, sem saber quem é nem quem são as outras pessoas por uma boa parte do tempo.

As enfermeiras entram e me dizem que terão de "trocá-la". Que ela "se sujou". Eu procuro ajudar a colocá-la na posição sentada.

ELA GRITA. Um som que eu nunca ouvi nada semelhante.

A única maneira que tenho para descrever esse som é que ele soa como de um animal. Ele vem de sua alma, de um lugar que é tão primitivo e amedrontado que, a única vez que ouvi um som como esses, foi no filme *The Miracle Worker* [O milagre de Anne Sullivan], quando Helen Keller grita, berra com Annie Sullivan dentro da pequena casa em que elas moram enquanto Annie tenta ensinar Helen a "dizer" algumas palavras com as mãos. É esse tipo de som animal e ele se prolonga por quase vinte minutos.

EU FICO TOTALMENTE APAVORADA. As enfermeiras me dizem que é por causa da dor que ela está sentindo que, pelo visto, se manifesta quando seu corpo faz movimentos inesperados. Ela havia sofrido uma queda, machucou as costas e sente dor – é o som de quem está com dor. Elas também me explicam que a gritaria faz parte da doença, da demência. Eu olho para a minha mãe, vejo sua face contorcida e constato que o que ela está sentindo não é dor, mas medo. É o mais puro e absoluto medo, sem qualquer disfarce. É medo e incapacidade de dizer o que ela quer e precisa dizer. Eu pego a mão de minha mãe, beijo-a e aperto,-a e peço às enfermeiras que, por favor, me ajudem a colocá-la na cama para que eu possa me deitar com ela, abraçá-la e, quem sabe, talvez, fazê-la se sentir um pouco mais protegida e segura. Um pouco melhor. Menos apavorada. Ou talvez a verdade seja que isso venha fazer com que eu me sinta menos assustada, um pouco melhor e mais segura. Elas contam até três para erguê-la e transferi-la para a cadeira de rodas, enquanto ela continua gritando. Eu tento assegurá-la de que tudo está bem. As enfermeiras a conduzem para o quarto, eu sigo logo atrás e, quando elas de novo contam até três para erguê-la da cadeira de rodas e colocá-la na cama, ela emite sons ainda mais altos e profundos. Ela continua gritando. Com a boca aberta, de onde saem aqueles horrendos sons guturais. Deito-me na cama ao lado dela e abraço-a. Ela continua chorando. Chora sem parar. As enfermeiras conseguem trocá-la enquanto eu a mantenho apertada contra meu corpo, aninhando-a. Elas a lavam e a mantêm encoberta com seu cobertor preferido enquanto eu a sustento – ela aperta a minha mão. Ela diz para mim: "Você é uma carta tão maravilhosa". Carta, eu penso – o que ela quer dizer com isso? Será pelo fato de eu ser escritora? Talvez seja por isso. A enfermeira sussurra: "*Filha, ela está querendo dizer filha*". De alguma maneira, ela não consegue fazer com que as palavras correspondam às intenções. Carta é uma palavra bastante próxima, eu penso comigo mesma. Carta, filha*; filha, carta.

---

*Em inglês, "letter" e "daughter", respectivamente. (N.T)

Percebo a semelhança sonora. Eu digo que ela é um envelope maravilhoso. Ela assente e ri. A enfermeira me diz que ela parece entender.

Quem sabe.

Quem sabe, eu penso olhando para o teto, talvez tivesse sido melhor ela ter ficado na Flórida. Mas esse é um assunto proibido. Um verdadeiro tabu que determina *"Não vamos nem começar a falar sobre isso, porque se começarmos vamos acabar dizendo um monte de coisas das quais vamos nos arrepender depois, mas nunca jamais falar sobre isso, porque deus proíbe que haja um confronto no momento em que todos estamos sentindo a necessidade de dizer o que pensamos e, portanto, é muito melhor guardá-lo para nós mesmos e nunca jamais tocar nesse assunto"*. Eu tenho certeza disso. Meu irmão queria minha mãe perto dele, para poder cuidar dela, estar acessível se algo acontecesse e, uma vez que havia tomado a sua decisão, ele estava totalmente certo dela. Era uma decisão totalmente irreversível. Ele é muito bom nesse tipo de decisões. Que parecem não deixar muito pouco ou nenhum espaço para reconsiderações. Elas funcionam para ele. Eu preciso de amplo espaço para reconsiderar as coisas. Um psicoterapeuta chamaria isso de medo de assumir compromisso ou possivelmente de estilo de vida relaxado. Funciona para mim, mas nem tanto para Ken. Minha mãe queria que alguém tomasse conta dela. Passou a vida toda com alguém tomando conta dela. Primeiro foram suas três irmãs mais velhas, depois meu pai e ultimamente meu irmão. Eu pergunto mais ou menos em voz alta, embora para ninguém em particular, se ela tivesse ficado na Flórida, em sua casa, com assistência por tempo integral, teria caído tão rapidamente nesse estado de total e absoluta alienação? Uma pergunta – para realmente ninguém em particular.

Sim, provavelmente. Provavelmente ela teria. Teria caído nesse poço sem fundo de esquecimento. Não importa onde ela estivesse. A demência não decide ou escolhe onde atacar. Estou abraçada a ela. Não há o que fazer, pois a televisão de seu quarto não está ligada e o controle remoto desapareceu. Parece que ela está a fim de dormir. A gritaria cessou e ela consegue respirar com mais facilidade. Está mais calma e tranquila. A gritaria a deixa sem fôlego. Eu fiquei totalmente esgotada só de ouvir sua gritaria. A enfermeira me adverte que, dentro de algumas horas, vai começar tudo de novo. A gritaria. Num período de vinte e quatro horas, segundo a enfermeira, ela pode gritar quatro ou cinco vezes por vinte minutos seguidos. Mas, por enquanto, ela está calma. As enfermeiras nos deixam a sós. Eu faço cafuné em seu cabelo. Ela adora que mexam em seu cabelo. Essa é a primeira vez, que eu me lembre, em que ela está sem laquê no cabelo. Ele está macio e sedoso e, enquanto eu passo os dedos por ele, ela solta suspiros de satisfação e minhas lembranças surgem em imagens como se fossem em tecnicolor.

Pequenos flashes de diferentes lugares e épocas.

Há uma silhueta minha em preto e branco de quando eu estava no jardim da infância, numa moldura pendurada na parede em frente a sua cama. Pendurada diretamente ao lado de uma estampa em litografia. O fato de ela estar ali me desperta curiosidade, uma vez que estou plenamente ciente de haver pilhas e mais pilhas de fotografias de meu irmão e sua família, muitas fotografias antigas e muitas recentes, tanto penduradas nas paredes por todo o seu apartamento, como empilhadas em perfeita ordem em suas estantes... e, entre todas aquelas fotografias, haver apenas algumas poucas – um punhado – de fotografias minhas e de Ken. Posso lembrar apenas de duas. Uma de nosso casamento, em que surpreendentemente não estou rindo, e outra de quando estivemos de visita à família na Flórida, sentados sob uma espécie de barraca polinésia – em que Ken e eu parecemos totalmente deslocados. E há ainda duas fotografias minhas, uma de quando eu era bem jovem e outra em que estou com minha sobrinha, que então era bebê, no colo. Mas na parede bem em frente de sua cama, há uma silhueta minha em preto e branco de quando eu tinha cinco ou seis anos. Ela costumava ficar pendurada na parede do pequeno escritório que tínhamos em nossa casa de Long Island. Eu lembro de ter ficado com a cabeça deitada, como todas as outras crianças da classe, sobre uma folha de cartolina preta, enquanto a professora Cherry demarcava o contorno de nossas cabeças, incluindo o contorno de nossos cabelos – o meu era um longo rabo de cavalo – em silhuetas com giz branco, que depois ela recortava com muito cuidado e precisão com uma tesoura. Todas as crianças levaram sua silhueta para casa e a deram aos pais como presente especial de Dia dos Namorados. Eu lembro também que, logo depois desse evento relacionado com a silhueta, a garota que morava na casa ao lado da minha (que era também minha amiga, mas de quem não vou revelar o nome, para não lhe causar constrangimento hoje quando é adulta) propôs que brincássemos de salão de beleza. Jogamos uma moeda para decidir quem seria o quê. Se desse coroa, eu seria a profissional de beleza, e se desse cara, eu seria a cliente. Deu cara e, quando me dei conta, já estava indo para casa com uma de minhas tranças na mão. É só imaginar o efeito visual que isso provocou. Eu costumava usar minhas tranças puxadas para o alto da cabeça e muito apertadas. Minha mãe apertava tanto as tranças que eu chegava a ter dor nos olhos. Num ataque de fúria, minha mãe pegou a tesoura e tratou de imediatamente cortar a outra trança, deixando meu cabelo com uma enorme falha e, em seguida, para consertar o estrago, raspou o que restava de cabelo me deixando totalmente careca. Ela me proibiu de jamais voltar a brincar de cabeleireira com minha amiga, cujo nome eu prefiro manter em sigilo. Aquela não foi uma proibição muito difícil de ser cumprida, porque: (a) eu não tinha cabelo nenhum; e (b) eu não tinha nenhum cabelo.

Eu comecei a brincar de amarelinha (ou sapata, dependendo da região do país). Essa é uma brincadeira que se pode fazer sozinha. Precisava apenas de uma calçada e um pedaço de giz.

Minha mãe adorava aquela silhueta minha. Quando eles se mudaram de Long Island para a Flórida, ela foi parar no quarto de hóspedes e depois, quando ela se mudou da Flórida para o Novo México, ela foi colocada em seu quarto. Apesar de eu achar que ela tinha pouco a ver com os outros objetos pendurados na parede.

Ela abre os olhos.
Ela sorri para mim.

Ela me pergunta se eu gosto de cantar. Eu digo que sim, às vezes. Ela me diz, como se fosse a coisa mais natural do mundo, que é cantora de ópera. Eu sei que não é verdade, mas entro na dela e confirmo: "Sim, eu sei." E faço isso porque minha amiga Patricia me disse que não faz nenhum sentido tentar convencer uma pessoa sofrendo de demência ou da doença de Alzheimer de que ela está inventando histórias. É mais ou menos como tentar convencer Ken de que ele precisa dirigir mais devagar. Ele simplesmente não ouve. Ponto final. Ela prossegue me contando que era muito famosa e fazia um tremendo sucesso. Isso me faz lembrar da mulher do Facebook que me tomou por alguém com quem ela viajou para Viena e com quem cantou no coro de Viena. Vista assim, a vida é muito engraçada. Minha mãe quer saber quem é meu cantor preferido e, quando eu respondo que é Laura Nyro, ela diz "Oh, essa eu não conheço. Ela é bonita?"

Em meu tempo de juventude, eu coloquei Laura Nyro para tocar todo santo dia, sem deixar absolutamente passar nenhum, durante o período de mais ou menos um ano inteiro. Absolutamente todas as manhãs e todas as noites, até gastar todas as ranhuras dos discos e ninguém mais aguentar ouvi-los em minha casa. Eu amava Laura Nyro. Eu queria ser Laura Nyro. Eu queria tocar piano e usar longos vestidos pretos esvoaçantes e cantar canções como Poverty Train e Sweet Blindness e Time e Love (*everybody*), Emily e Ooooh, la la la, Ooooh la la, eu queria ter uma longa cabeleira espessa e ondulada e cantar sobre Eli, Thirteenth Confession e New York Tendaberry.

Depois de ler a biografia de Malcolm X, eu também queria ser um homem negro muçulmano, mas por algum motivo, eu achava que as chances de eu me tornar um homem negro muçulmano não chegavam nem perto da possibilidade de eu me tornar Laura Nyro, apesar de não ser capaz de ajustar os tons das notas.

Minha mãe não "suportava" Laura Nyro. Ela achava as letras de suas canções tristes e deprimentes, carregadas de nostalgia. (Oh, meu deus, imagina então o que seria se eu pusesse para tocar incessantemente as músicas de Jethro Tull ou Frank Zappa.) Ela insistia em me lembrar que ela (Laura Nyro) exercia uma péssima influência sobre mim. Até que, um dia, a banda 5th Dimension, que minha mãe adorava, lançou um álbum simples, *Stoned Soul Picnic*, escrito por ninguém menos que, sim, você acertou... a minha querida Laura Nyro.

Por aproximadamente uma semana, eu não podia cometer nenhum erro.

Ela pega a minha mão. Aprecia o esmalte de minhas unhas. Um tom muito claro de rosa. Eu digo a ela que ele se chama "Show com ingressos esgotados". Ela havia usado muitas vezes esmalte dessa mesma cor em suas unhas. Ela não sabe do que eu estou falando. Eu trato de explicar a mim mesma que se ela não lembra de nomes de pessoas e lugares, por que raios ela iria lembrar de nomes de cores de esmalte para unhas.

Fico intrigada com a questão de ela ter realmente querido ser cantora de ópera. Talvez fosse algo que ela tivesse sonhado ser, mas nunca tivera a oportunidade ou não se sentira capaz de perseguir seu sonho. Eu sei que ela queria ser pintora, que ela adorava pintar e desenhar e, por deus, oh deus, como ela era talentosa, ela tinha um tremendo talento natural, mas que nunca desenvolveu, e acabou desistindo. Ela simplesmente desistiu dele. Por mim, por meu pai e por meu irmão. Não acho que ela seria capaz de reconhecer que desistiu, que seria capaz de dizer isso claramente, mas acho que como ela sentia necessidade de expressar sua criatividade, ela muitas vezes pintava telas no cavalete que tinha em seu quartinho de trabalho. Um passatempo. Lembro de ouvi-la cantar no chuveiro e de cantar acompanhando as músicas que ouvia no rádio e de todos os álbuns de shows gravados na Broadway que ela e meu pai adoravam ouvir. E lembro também, ah como eu lembro, que, em todos os verões, eles reuniam todos os seus amigos para ouvir todos aqueles diferentes shows e ela cantava – às vezes a uma só voz e outras em grupo – mas também lembro que, na realidade, ela não conseguia ajustar os tons das notas. Não que sua voz não fosse boa, mas simplesmente não conseguia ajustar os tons das notas. E lembro do quanto ela gostava de assobiar. Caramba, como ela assobiava bem. Outra coisa que ela fazia extremamente bem era dançar. Ela tinha muita sensibilidade rítmica; ela bem que podia ter sido uma dançarina, de qualquer modalidade de dança, mas definitivamente não uma cantora de ópera. E além de não conseguir ajustar os tons das notas, ela não tinha paciência nem a disciplina necessária para fazer qualquer coisa que exigisse, no mínimo, algumas horas de prática diária. Ela trouxe, na realidade, um novo significado para as palavras "gratificação instantânea". Ela queria tudo para agora. Para já. E se não podia ser para agora, então, bem, que fosse pro inferno. E passava para outro interesse.

    Depois de um tempo olhando fixamente para o dedo médio da minha mão direita, ela o pega e beija-o, em seguida esfrega-o e o acaricia suavemente. Há quarenta e quatro anos, ele sofreu uma fratura que o deixou torto e deformado. Eu tinha dez anos e estávamos passando o verão no bangalô de férias, para onde íamos absolutamente todos os verões desde que eu havia nascido – era o bangalô que tínhamos em comum com a família da tia Gertie. E antes de eu nascer, meu irmão e minha prima também iam para o bangalô, mas agora eles já eram crescidos, meu irmão tinha vinte anos e eu não sei ao certo por onde ele andava, mas de minha prima eu lembro bem, ela estava casada e morando no Brooklin e passava, juntamente com seu marido, os finais de semana conosco no bangalô. Nós – seis pessoas ao todo – dividíamos um bangalô de dois quartos apertados. Eu dormia numa cama de armar no quarto com minha mãe e meu pai, enquanto minha prima dormia na varanda, no que durante o dia era sofá e à noite virava cama, com a única diferença de que durante o dia ficava encoberto por uma colcha branca de algodão (com franjas). A varanda tinha alguma ligação com o quarto de meus tios, ou parece que tinha. Talvez os dois cômodos fossem separados apenas por um biombo. Minha lembrança é muito vaga.

Eu tinha dez anos, estava brincando com uma turma de amigos, correndo, fazendo bagunça, rindo e nos divertindo e, então, de repente, um dos garotos caiu bem em cima de mim por acidente, esmagando minha mão e quebrando o dedo com um estalido. Todos nós ouvimos o estalido e a dor foi insuportável. Eu subi correndo o barranco atrás de minha mãe, que estava jogando mah-jongg com minha tia e suas amigas. Eu berrava e urrava de dor excruciante e todas as crianças subiam correndo o barranco atrás de mim; e quando minha mãe me viu – em meio ao seu jogo de ma-jongg – ela nem se ergueu da mesa, porque queria antes terminar sua jogada. Ela fez um gesto amplo, indicando que eu entrasse no bangalô, e eu corri para dentro e continuei gritando; as outras mulheres pareciam muito mais preocupadas, porque eu podia ouvir que elas falavam para minha mãe sobre meu "choro histérico", e minha tia parecia a mais preocupada. E então, uma ou duas das crianças começaram a chorar, porque, bem, aos dez anos de idade, a gente sempre faz o que alguém está fazendo, até que minha mãe, finalmente, deixou a mesa de cartas e entrou no bangalô. Eu mostrei a ela o dedo, que a essa altura de tão inchado já tinha quatro vezes o seu tamanho normal, sem mencionar minha mão a ponto de explodir, totalmente irreconhecível tanto em seu tamanho como forma. Ela abriu o congelador, de onde tirou uma bandeja de metal com gelo e abriu-a com tanta força que os cubos de gelo voaram para todos os lados, e ela, irritada, soltou um monte de palavrões e mandou que eu pegasse um cubo e o colocasse sobre o dedo. Em seguida, começou a gritar, chamando a tia Gertie para que entrasse e, quando a tia Gertie entrou correndo, minha mãe perguntou se o caminhão de sorvete já havia passado e ela disse que não, ainda não havia passado. Então, minha mãe disse que, quando ele passasse, elas teriam de *comprar dois*, não um, mas dois picolés Creamsicle. Depois disso, ela colocou minha mão dentro de uma grande vasilha com gelo e disse – na verdade, mandou – que não arredasse o pé do bangalô. Ela saiu para fora e retomou o seu jogo. Quando o caminhão de sorvete já havia passado, ela voltou para dentro com dois palitos de picolé, fazendo com eles uma tala e fixando-a ao dedo com algum tipo de fita adesiva.

Mais tarde naquela mesma noite, enquanto minha mãe, meu pai, minha tia e meu tio jogavam cartas na varanda, deitada na cama acordada, com o dedo latejando espremido naquele arremedo de tala e a mão irreconhecível de tão inchada, eu ouvi Ethel dizer para seu marido Irving, quando passavam pela janela do quarto: *"Se ela fosse minha filha, eu a teria levado imediatamente ao hospital, sem demora."*

Meu dedo nunca mais voltou ao normal. E eu nunca quis saber de aprender a jogar mah-jongg, nem mesmo quando ele ressurgiu durante a febre do gamão. Ela acaricia meu dedo. Eu acredito, ou pelo menos é o que espero, que ela tenha consciência de que deveria ter cuidado melhor de mim.

ELA ESTÁ COM SEDE. Eu pergunto se ela quer tomar suco ou água. Ela prefere água, sim, água, e eu me levanto da cama, encho um copo com água e o levo para ela. Ela dá palmadinhas na cama, chamando-me de volta. Ela tem algumas revistas na mesinha de cabeceira de seu lado da cama.

Ela pede que eu as leia para ela. Ela adora revistas; essa é tanto uma necessidade como um hábito passado de uma geração para outra. Quando fizemos a mudança de minha mãe da Flórida para o Novo México, ao fazermos a limpeza de seu apartamento, encontramos todas as suas gavetas e armários entulhados de revistas, algumas tão velhas quanto da década de 1980. Revistas que não existem mais, que deixaram de ser impressas há muitos anos. Nós obviamente temos em comum esse vício. Pergunto se ela quer que eu leia alguns artigos de uma revista para ela. Ela ergue o polegar com força e satisfação. Os olhos dela faíscam. Ela aninha a cabeça em meu peito e eu leio em voz alta. Começo lendo uma matéria sobre gêmeos conjugados, que é muito, muito triste e, realmente, um bocado perturbadora. Há algo que me incomoda profundamente nos gêmeos conjugados – por favor, peço que me desculpe quem deu à luz um par de gêmeos conjugados: trata-se da possibilidade de digamos, por exemplo, um querer ser médico e o outro ser patinador profissional... Para mim, é muito difícil imaginar como isso poderia funcionar. Eu acredito, realmente, que tudo é possível, mas tenho dificuldade para visualizar esse cenário: um dos gêmeos frequentando a faculdade de medicina durante o dia e o outro frequentando aulas de patinação no gelo à noite, e o que acontece com o que não está a fim de patinar no gelo? É sério, e se um dos gêmeos quer se casar e o outro não? Como é que a coisa funcionaria na prática? Eu acho que um dos gêmeos terá de sacrificar seu sonho. Mas não estou com isso querendo desencorajar ninguém de buscar o que quer. É apenas uma curiosidade que eu tenho, como com respeito a áreas de acampamento & tornados. E, em seguida, leio obviamente algo a respeito de Angelina e Brad e sua prole; depois mais algo a respeito de Jennifer Aniston e, de novo, um artigo sobre Brad saindo em defesa de Angelina por causa de um artigo em que Jennifer fizera alguns comentários maldosos a respeito de Angelina. Minha mãe parece realmente gostar de toda essa disputa envolvendo Angelina, Brad e Jennifer. Leio também algumas resenhas de livros e críticas de cinema. Minha mãe adora cinema. Ela e meu pai iam sempre ao cinema. Ela adorava balas Twizzlers e ele era louco por pipoca na manteiga e por chocolate, qualquer tipo de chocolate. Acompanhado de uma coca-cola diet e uma 7UP. Ele adorava filmes de ação e suspense; ela, por sua vez, adorava comédias românticas e histórias de amor, e ambos adoravam James Bond. 007. Sean Connery, Roger Moore, George Lazenby, Pierce Brosnan, Timothy Dalton e, nos últimos tempos, é claro que também Daniel Craig. Meu pai amava Sean

Connery, minha mãe se babava por Pierce Brosnan, e eu os visualizo, de mãos dadas, entrando em delírio diante de Daniel Craig. Ou talvez eu apenas imagine isso por mim mesma.

Ela começa a cochilar. Eu leio mais um artigo – mas não mais em voz alta – sobre uma atriz muito famosa que admite ter tentado o suicídio quando era adolescente. Ela estava se sentindo muito triste, solitária e profundamente desesperada.

Minha mãe adormeceu em meus braços.

Eu havia tomado uma overdose de pílulas. Eu sabia que fora sem querer, porque logo depois de ter engolido todo aquele punhado de pílulas, eu desci correndo as escadas para dizer a meu pai, acomodado em sua espreguiçadeira no escritório lendo um livro, que eu havia tomado um punhado do Seconal receitado por seu dentista para a dor forte que o problema de canal estava lhe causando. Eu estava extremamente apavorada. Assim que engoli as pílulas, eu percebi – soube com absoluta clareza – que tinha feito algo horrível, espantoso e assustador do qual estava arrependida. Profundamente arrependida. É que eu estava muito triste, me sentindo profundamente infeliz, naquele estágio inicial em que os ombros se curvam sob o "peso insuportável" da adolescência. Eu era alta e esquelética, usava aparelho dentário e tinha o cabelo crespo enroscado, e alguns colegas de escola me chamavam de Margaret, porque ela era *O Pimentinha* da vizinhança, era esquelética e usava aparelho dentário, e lembro perfeitamente que ninguém, ninguém mesmo, gostava dela. Eles se apressaram a me levar para o hospital, para o atendimento de emergência, onde fizeram lavagem no meu estômago – uma experiência horrível – com aquela coisa que faz a gente vomitar as tripas, até ficar totalmente vazia, dolorosamente vazia, com todos os ossos, garganta e todo corpo doendo, e o médico que me socorreu – o médico de plantão que esvaziou meu estômago – recomendar que eu fizesse psicoterapia. Meu pai ficou terrivelmente preocupado. Ele estava chorando. Minha mãe estava se sentindo humilhada e sofrendo muito. *O que os vizinhos vão pensar?* Eu sabia que era nisso que ela estava pensando quando saímos de carro às pressas pelo portão de casa, porque alguns vizinhos estavam regando seus jardins.

Um culpava o outro pelo que havia acontecido.

Eu podia ouvir a gritaria de meu quarto, onde eu estava repousando. Ele disse a ela que eu era infeliz, que dava para saber só de olhar para mim. Ao que ela respondeu, *com os diabos, como é que ele podia saber se não parava em casa*. E ele respondeu berrando, *É que eu trabalho, você sabia, Bea? Eu vou trabalhar*. E eles passaram a competir para ver quem gritava mais alto e a briga foi ficando cada vez mais feia, como era, aliás, de costume. Eles viviam brigando. Brigas com muita gritaria e pancadaria. Ela saía do quarto deles batendo com força a porta. Ele ia se sentar na sala de estar, no escuro, na poltrona enorme que ficava num canto, com os braços cruzados, fumando sem parar, Um cigarro após outro, como uma chaminé. Ela continuava provocando-o, muitas e muitas vezes. Outras batidas de porta. E então, depois de toda a pancadaria, gritos, berros e acusações, eles faziam as pazes. Eu ouvia os passos dela descendo as escadas para a sala de estar, onde ele curtia seu mau humor – ele era bom nisso – em sua poltrona, e eu saía da cama e andava nas pontas dos pés até o alto das escadas, de onde podia espiá-los e vê-los se beijarem. Ele pedia desculpas e ela aceitava suas desculpas. Duas pessoas extremamente emocionais que explodiam facilmente.

Eu não queria morrer.
Eu realmente não estava a fim de morrer.
EU QUERIA QUE ALGUÉM PRESTASSE ATENÇÃO EM MIM.

O psicoterapeuta disse, após algumas sessões, que ele achava que eu não me sentia amada. Eu disse que não sabia do que ele estava realmente falando. Eu disse a ele que me sentia realmente diferente, muito diferente. Ele perguntou o que era ser diferente para mim. Eu disse que eu me sentia especial, mas que não tinha certeza de que outros achassem o mesmo de mim. Ele quis saber por que eu me sentia especial. Eu disse que não sabia, mas que, quando era tarde da noite e tudo estava em silêncio, e eu ficava sozinha comigo mesma, eu sabia, *eu sabia realmente*, que era alguém especial. Acho que ele me considerou uma louca. Doida de pedra, doida varrida, com atestado de insanidade. Depois de mais algumas sessões, comecei a achar que não havia nada de particularmente especial nele. Comuniquei aos meus pais que eu não estava mais a fim de vê-lo. Ele disse a eles que tinha certeza de que eu necessitava de muitos outros meses de psicoterapia. Ele recomendou que eu lesse alguns livros, entre eles, *I Never Promised You a Rose Garden* e, se não me falha a memória, *Go Ask Alice*.

Eu nunca li esses livros. Mas li, em vez deles, Sidarta de Herman Hesse.

Enviei para o psicoterapeuta uma cópia desse livro com a recomendação para que ele o colocasse em sua lista de livros a serem lidos. Também escrevi – em caligrafia caprichada – que ele estava completamente errado a meu respeito, que eu era, sim, muito especial.

Agora, eu estava ali deitada pensando quanto eu era triste quando criança. Triste e solitária e, por deus, como eu me sentia deslocada no mundo. Totalmente. Quando minha mãe desperta, eu pergunto se ela lembrava de quanto eu era uma criança solitária. Ela balança a cabeça, dizendo que não, não lembra. No momento, ela parece nem saber quem eu sou. Seus olhos estão vazios e inexpressivos. Não há nenhum brilho neles. Em seguida, diz que ela está se sentindo solitária. Uma solidão sombria, ela acrescenta. Posso apenas imaginar. Deve ser terrivelmente doloroso perder tanto em tão pouco tempo. Ela pergunta se eu gosto de sorvete. E antes de eu poder responder, ela diz que às vezes trazem para ela sorvete de chocolate, que a faz se sentir menos solitária. Eu não estou entendendo bem o que uma coisa tem a ver com outra, até lembrar que chocolate – qualquer coisa de chocolate – era o sabor preferido de meu pai. Digo a ela que também sinto muita falta dele.

ELA NÃO SABE QUEM EU SOU.

A gritaria recomeça. Mas menos estridente dessa vez. Parece ser consequência de algum tipo de movimento inesperado. Quando ela tenta se erguer, ou sente necessidade de transferir o peso do corpo de um lado para o outro. Todo tipo de movimento é acompanhado de um grito.

Eu a abraço e digo que *está tudo bem, tudo bem, tudo bem*.

As enfermeiras entram – imagino que ouviram a gritaria do corredor – e atrás delas entra a "vizinha" de minha mãe, que está tomada de pânico porque alguém está "uivando". Parece um assassinato, ela diz, como se alguém estivesse sendo atacado. Elas a acalmam, dizendo que está tudo bem e que ela volte para o seu quarto. Com os olhos fixos em mim, ela pergunta *"Quem é você?"* Eu explico a ela que sou a filha de Bea. E ela quer saber,

"Bea? Quem é Bea?"

Aponto para a minha mãe e digo, "Esta aí é Bea."

A vizinha contesta, "Não. Esta não é a Bea. Eu sou a Bea."

A enfermeira intervém, "Não, querida, você não é a Bea."

"Eu sou a Bea", ela guincha e sai batendo a porta atrás de si.

Ela sofre da doença de Alzheimer.

As enfermeiras dão a ela um sedativo. Um comprimido. Eu pergunto que remédio é, mas não obtenho resposta. Talvez seja um analgésico, dizem. Mas só o médico pode me dizer. São as regras. Pro inferno com as regras!

Ela quer sair da cama e voltar para a sua poltrona reclinável. Contam até três e... a transferem para a cadeira de rodas. A gritaria continua. Sequências de gritos. Mas como agora já sei que não é nada com que eu deva me preocupar, que, dentro do quadro geral, esse é um problema menor, eu fico menos aflita. Menos apavorada. Ela continua gritando enquanto empurram sua cadeira de rodas do quarto até a sala de estar. De novo, contam até três antes de transferi-la para a espreguiçadeira. É hora do jantar. Apesar de parecer cedo demais para isso. Ela diz que não está com fome. Eu digo à enfermeira que se ela ficar com fome, eu busco algo na California Pizza Kitchen, que fica apenas alguns quarteirões dali. Ela se acalma. O comprimido analgésico parece estar funcionando. Minha mãe não está absolutamente me reconhecendo como membro da família, não consegue me situar nem saber de onde me conhece. Seus olhos me fitam sem qualquer expressão. Parece não haver nada de Bea neles. Mas ela diz que gosta do meu cabelo (muito obrigada, meu deus) e faz comentários sobre a minha calça de pernas largas. Folgada, ela diz. É, sim, muito folgada, eu concordo. Muito mesmo. Cabe nós duas dentro dela, eu digo. Uma das enfermeiras meio que ri, mas minha mãe não faz ideia do que eu estou falando. Ambas as enfermeiras vão embora. Ela dormita. O telefone dela toca, o que é algo estranho e extraordinário, pois desde que eu estou ali, ele não havia tocado nenhuma vez. Eu atendo, talvez seja meu irmão ou minha cunhada ou a irmã de minha mãe que vive em Indiana e às vezes liga. Resolvo, portanto, atendê-lo. Mas é uma maldita operadora de telemarketing, perguntando se sou Beatrice. Digo que não e ela pergunta se pode falar com Beatrice, porque é um assunto extremamente delicado e importante. Eu pergunto quanto delicado e importante e ela responde que muito. Eu digo que talvez ela devesse deixar uma mensagem comigo, que eu a passaria com certeza para minha mãe o mais rápido possível. Ela então me informa – nunca falei tão sério – que minha mãe acabou de ganhar uma viagem de três dias, com todas as despesas pagas, ao Lago Tahoe, para conhecer um apart hotel. E pergunta se eu acho que haveria possibilidade de minha mãe ter algum interesse nesse tipo de investimento. Eu a informo que minha mãe sofre de demência e que as chances de ela lembrar o que é um apart hotel são praticamente nulas. Eu peço, por favor, que eles removam o nome de minha mãe de sua lista de clientes em potencial porque, deus que me perdoe, se ela estiver num momento de lucidez e coerência exatamente quando eles decidirem ligar de novo, porque esse pessoal de telemarketing é conhecido por sua capacidade de persistência, ela, minha mãe, poderá concordar com algo que, definitivamente, sem qualquer dúvida, teria de dizer não. Bem, diz a fulana do outro lado da linha, aquela era uma chance maravilhosa, daquelas ofertas que só aparecem uma vez na vida, e que era uma pena minha mãe perder a oportunidade de fazer uma viagem, com tudo pago, *embora com algumas restrições*, que guardaria para sempre em sua memória.

Pode parar! Eu fui logo dizendo a ela. Pode parar por aí. Vamos fazer o seguinte trato: se com essa viagem de fim de semana, vocês conseguirem fazer minha mãe voltar a ter algum neurônio vital e importante funcionando e um bom e sólido banco de memória, sem mencionar uma forte e legítima noção de quem ela é, eu prometo considerar pessoalmente a possibilidade de levá-los a sério, porque isso seria um milagre daqueles que só acontecem uma vez na vida. Mas como se trata de uma escapada de apenas três dias, com tudo pago, porém com algumas restrições, eu tenho sérias dúvidas de que voltaremos a conversar alguma vez na vida.

Eu desejo a ela que tenha um ótimo dia e que, por favor, remova o nome de minha mãe de sua lista de possíveis clientes. Imediatamente.

Minha mãe está com fome. Eu digo que volto em meia hora. Ela diz que tudo bem. Eu volto trazendo macarrão com molho pesto, uma salada, um cocktail de camarão e um pouco de creme de arroz que, se não me falha a memória, ela aprecia. Eu dou a ela comida na boca. Ela detesta o macarrão. Cospe fora. Gosta dos tomates. Adora as azeitonas pretas e o pepino. Eu como o macarrão, mas o cocktail de camarão e o creme de arroz permanecem intocados. Ken chamaria isso de esbanjamento ou dinheiro jogado fora.

"*Você sabia que na Europa as crianças estão morrendo de fome. Se você não comer toda a comida que tem no prato, nós vamos embrulhar e enviar para aquelas crianças*" – minha mãe diz à mesa do jantar – "*que, por sinal, dariam um braço, uma perna ou ambos em troca de ter algo para comer neste exato instante, porque você sabe o que elas comem? Elas comem barro. Você quer comer barro? Porque é isso que elas comem e posso garantir a você que elas não reclamam. Portanto, ou você come toda a comida que tem no prato ou nós vamos enviá-la para a Europa e você vai então ficar sem comer.*"

Eu raspo toda a comida do prato. Ganho o prêmio do prato limpo e digo para a minha mãe que também em Hempstead têm crianças passando fome. Sim, em Hempstead, ali mesmo em Long Island. Ela quer saber como é que conheço crianças de Hampstead, já que aquela é uma comunidade onde vivem exclusivamente "negros", e eu a deixo sem resposta.

Eu pego uma caixa com fotografias que eu nunca antes tinha visto. E fico passando os olhos por pilhas e mais pilhas de fotos, enquanto minha mãe se refestela em sua espreguiçadeira, bebendo água de canudinho e assistindo a desenhos animados. Ela fez da Cartoon Network seu refúgio de conforto e prazer.

Ver aquelas fotos me traz à memória certos momentos de épocas e lugares. Algumas fotos parecem tão antigas que não trazem nenhuma recordação de minha própria vida. Quando elas foram tiradas, onde e por que raios elas foram tiradas? Entre algumas delas, alguns instantâneos batidos com uma câmera Kodak, eu ENCONTRO ESTA:

Eu, com o que parece ser um enorme penteado afro. Com tamanha cabeleira que deixa minha cara quase indistinguível. Pareço uma mistura de Phoebe Snow e Angela Davis e, pelo visto, nem Phoebe nem Angela num momento muito feliz. Estou espremida entre minha mãe e meu pai e parece que a fotografia foi tirada em frente ao Dunes Hotel, em Las Vegas, por volta de 1970. Meus pais haviam ido para lá numa excursão cujo propósito era a jogatina. Eu obtive permissão da comunidade em que eu estava vivendo no Oregon para passar o final de semana fora. Eu embarquei num ônibus da Viação Greyhound para passar dois dias com eles. (A propósito, devo informar que aquela viagem de ônibus foi uma das piores experiências que tive em toda a minha vida. Uma criança doente vomitando sem parar, um assalto [com arma de brinquedo] numa parada para descansar, um pneu furado, o ônibus não tinha banheiro e um acréscimo de sete horas a uma viagem que já era interminável.) Além do penteado afro, eu estou usando uma camisa de camponês, um par de jeans rasgados e o que parece ser, apesar de não estar 100% segura, um par de sandálias de tiras trançadas. Minha mãe aparenta estar muito infeliz. Meu pai parece atordoado. E eu pareço completamente abobalhada.

Eu abandonei o colégio e fui embora de casa.

Foi quando eu acabei indo parar numa comunidade no Oregon. Acredite se quiser, mas isso não era algo que uma garota judia de meu bairro em Long Island costumava fazer. Elas não abandonavam o colégio para ir viver numa comunidade com quinze ou dezesseis outras pessoas, em sua maioria totalmente desconhecidas. Elas frequentavam as lojas Ohrbach e A&S e Bonwit Teller, e jogavam boliche e tênis e frequentavam clubes de praia e nunca, jamais, praticavam felação. Nunca. As garotas judias jamais praticavam felação, porque as garotas judias não achavam que precisavam trabalhar. Qualquer coisa que tivesse a ver com trabalho estava fora de seu alcance. As garotas judias não anunciavam à mesa de jantar que estavam abandonando o colégio para irem em busca de si mesmas. O único lugar em que uma garota judia podia encontrar a si mesma era num shopping center. E havia mais uma coisa que as garotas judias faziam – em geral escondidas atrás de portas fechadas de banheiros – e essa era raspar as pernas. E quando surgiu a cera depilatória Nair – que deixava suas pernas macias e sedosas – ela passou a ser a nova deusa da cidade. Adeus, lâmina dupla de papai. Olá, Nair. A primeira vez que eu raspei as pernas foi no banheiro de papai e mamãe. E às escondidas. Peguei o aparelho de barbear Gillette de meu pai, como também seu creme de barbear, e fui em frente, arrancando pequenos pedaços de pele das pernas. Cada perna acabou com pelo menos vinte e cinco pedacinhos de papel higiênico cobrindo os cortes e arranhões feitos por uma lâmina que eu não sabia usar.

Bem, isso tudo para dizer que na comunidade onde fui viver não se raspavam as pernas. Era uma espécie de regra, uma lei. Que cada pelo de suas pernas crescesse livremente. Que os pelos seguissem seu curso natural fazia parte da totalidade da vida "comunitária":

ser hippie, viver de acordo com a natureza, não usar calcinha nem sutiã, absolutamente nenhuma roupa de baixo, e praticar o amor livre. E como benefício adicional, pode-se orar diariamente no pequeno santuário "provido de incenso e velas" disposto ao ar livre aos "deuses do sol e da lua, à cantora Grace Slick e à banda The Grateful Dead". Eu orava religiosamente todos os dias – porque acredito piamente que calcinhas de algodão podem livrar a gente de aborrecimentos indesejáveis – pedindo para que nunca, jamais contraísse uma infecção urinária.

Eu fui para o Oregon com um amigo – um hippie dotado de talento musical incrível – que era mais ou menos meu namorado, mas não pra valer, nós apenas fingíamos que éramos namorados. Acho que nós estávamos apenas loucos para ir embora de Long Island. Eu já havia conhecido o primeiro grande amor de minha vida que, como a maioria das paixões arrebatadoras, começou a se desvanecer até desaparecer totalmente e eu voltar à estaca zero. E meu maravilhoso amigo hippie estava com o coração destroçado por uma garota que queria que ele largasse a música e fosse trabalhar na joalheria Fortunoff para conseguir-lhe joias com fabulosos descontos. Portanto, lá fomos nós, meu meio namorado, mas não namorado de verdade, e eu, para o Oregon. Ele tinha um irmão que já estava vivendo naquela comunidade e, se não me engano, fomos seus convidados. Você pode imaginar a reação de minha mãe quando eu abandonei o colégio. Ela comunicou a seus amigos e parentes que eu havia morrido e decretou luto (sat shiva, o luto judaico). Meu pai, por sua vez, me disse: "Não posso cometer seus erros por você, só deus sabe quanto eu gostaria de poder", enquanto me conduzia ao aeroporto para tomar um avião para San Francisco, transportando minha volumosa e pesada mochila. Em San Francisco, eu encontraria meu maravilhoso amigo hippie, que viria do Oregon, onde já estava vivendo, para me encontrar e, dali, iríamos então juntos de carona para o Oregon, porque quem está indo viver numa comunidade pode muito bem começar com o pé direito e o polegar erguido.

Eu usava um penteado afro, saias compridas e camisas de camponês, jeans Levi's cortados e furados e botas Frye, e nunca jamais raspava as pernas nem as axilas. Quando ficávamos sentadas em círculo, ao estilo dos índios, nós, todas as mulheres, ficávamos olhando para as pernas e as axilas peludas umas das outras e eu pensava comigo mesma que aquilo não era para mim. Eu aprecio o que é macio e sedoso. É verdade. Por que raios estou me privando disso, por que raios estou deixando os pelos de meu corpo crescerem quando, na realidade, não quero isso? Por que, meu deus, por quê? *Por favor, Grace Slick, por favor, Jerry Garcia, alguém, por favor, me ajude.* E então aconteceu: Eu fui flagrada raspando as pernas – com a lâmina na mão, a perna erguida sobre a pia – e quando me dei conta, havia um pequeno grupo parado ali do lado de fora do banheiro e percebi que havia cometido uma infração. Eu fui solicitada a deixar a comunidade por desrespeitar as regras da comunidade. De nada adiantaram os meus protestos. Eu era culpada e tive de assumir a responsabilidade por esse ato abjeto e desprezível. Concluí que não tinha por que me defender diante do tribunal comunitário. "Sim, por deus, é verdade, eu raspei as pernas, e sabem o que mais, pessoal? *Todo santo dia que eu passei aqui – segurem-se em seus assentos – eu usei uma leve, muito leve, camada de máscara. E uma vez também uma leve borrifada de perfume Jean Nate."*

Eu não era talhada para viver numa comunidade. E olhando agora para esta fotografia, posso afirmar com toda certeza que esse estágio em particular não se tornaria realidade. Foi o menos preferido de todos os meus estágios de rebeldia.

Ela pede que eu massageie suas pernas.
Ela diz que está sentindo suas pernas rijas e com a pele muito ressecada e que, por favor, eu as massageie.
Ela gosta de sentir suas pernas macias e sedosas.
Pego o pote de creme Nivea que está sobre sua mesinha de cabeceira; ela adora sua consistência cremosa. Houve um tempo, não

muito distante, em que ela usava um creme corporal com perfume de flores ou frutas junto com um perfume ou água de colônia de uma diferente fragrância, e juntas, as duas fragrâncias – do creme corporal e do perfume – resultavam numa combinação simplesmente horrenda. O odor era opressivo e causava enjoo, despertando o desejo por algo mais discreto. Algumas fragrâncias combinam bem juntas. Aquelas que ela usava não. Minha amiga Tina diz que esse é um sinal revelador. O estágio inicial. Eu deveria saber. A coisa toda faz sentido.

Encontro uma pequena fotografia em preto e branco de meu pai e minha mãe juntos, totalmente vestidos a caráter, parece que estão em algum tipo de evento social. Ele com uma aparência imponente, usando terno, e ela um vestido colante de festa até a altura dos joelhos. Sensual. E aposto como ela também está usando o Chanel No. 5, perfume que ela adorava. Ela costumava passá-lo com as pontas dos dedos atrás das orelhas, dos joelhos e nos pulsos e, para atrair boa sorte, também entre os seios. E se por acaso o frasco de colônia que estava usando tivesse spray, ela borrifava o ar e o atravessava para imbuir-se de sua fragrância.

Ela adorava dar à sua pele um toque de perfume ou de colônia.

Eu pergunto, com pouca esperança de que lhe traga alguma recordação, se ela lembra que costumava usar perfume Chanel. Ela responde muito surpresa, "Chanel? Quem é?"

Com uma longa conversa extravagante, eu explico a ela que Coco Chanel era uma famosa estilista que vivia em Paris – Paris, na França – e que era uma mulher mais ou menos à frente de seu tempo, mas não realmente, porque para viver à frente de seu tempo, é preciso que a pessoa seja inovadora, original, alguém que traz algo de novo para o mundo. Dou tantas voltas que acabo me confundindo totalmente e esquecendo aonde quero chegar. Entendo, portanto, que minha mãe não saiba absolutamente do que eu estou falando. E então, eu simplesmente digo "perfume", Chanel é um perfume do qual você gostava muito e usava o tempo todo. E ela sorri. Um sorriso leve, que eu interpreto como algum tipo de recordação. Ela fecha os olhos e sorri e eu fico me perguntando – desejando – se quem sabe ela esteja lembrando de algo agradável, como um encontro com meu pai, ou o vestido que havia usado nesse encontro ou talvez a fragrância do perfume.

Ela então abre os olhos e diz:

"Não sei, não consigo lembrar."

Ela não quer mais assistir a desenhos animados. Ela quer ver *Jesus* e pede que eu mude de canal para *a Hora de Jesus*. Eu não sei do que ela está falando, mas fico mudando de canal à espera que ela grite "é aí" quando chegar ao canal certo.

É um pastor evangélico local que tem seu próprio programa no canal local de televisão a cabo. Um jovem que minha mãe considera bambambã. Ela literalmente entra em êxtase enquanto assiste a seu programa. Ele é jovem e, com sua voz alta e vibrante, está se dirigindo a sua congregação – tanto a massa presente no auditório como os espectadores em suas casas – e conclamando-a a orar ao todo-poderoso Senhor Jesus Cristo para que lhes dê força e conforto, que lhes dê um raio de esperança nesses tempos terríveis de trevas e instabilidade financeira, para que coloque comida em suas mesas e lhes estenda a mão para guiá-los. E quando ele fecha os olhos e ergue os braços para o céu, dizendo muito obrigado, Jesus, demos graças ao nosso senhor e salvador, minha mãe, que está recostada na espreguiçadeira, também ergue os braços, fecha os olhos e, balançado de um lado para outro, ela me diz que ama muito Jesus, ao que eu respondo que aquele homem, aquele pastor não é Jesus. "Mas muito perto dele", é a resposta dela. E pergunta se eu amo Jesus. Eu lembro do conselho de minha amiga Patricia, para simplesmente aceitar as coisas como elas são ou simplificá-las e não complicá-las. E digo que sim, que eu amo Jesus. Ela quer saber quanto e quando, eu digo que o suficiente, ela quer saber quanto é o suficiente. Ora, mamãe, é um bom bocado. E ela diz "Eu amo Jesus. Adoro-o." E eu digo que isso é maravilhoso, ela diz que é mesmo e, então, me comunica que quer ir ao auditório de TV, encontrar Jesus ao vivo. Eu digo que tudo bem, mas ela quer ir agora, imediatamente. Eu argumento que provavelmente teríamos de conseguir ingressos para o programa, talvez não ingressos, mas que não se pode simplesmente decidir que quer ir agora e pronto. Imediatamente. Me leve agora. Explico que eu não tenho carro e ela diz que tudo bem, que ela tem um carro. Um carro novinho em folha, que ela acabou de comprar, ontem, porque ela tem quase quarenta e três milhões de dólares no banco e quer doá-los a Jesus, àquele Jesus da televisão, ela quer dar a ele todo o dinheiro de sua conta.

"Sam", ela chamou gritando por meu pai, enquanto eu estava no outro lado da linha telefônica, "ela está se tornando uma maldita budista e eu sei, eu sei que ela vai dar àquela maluca todo o dinheiro que tem e provavelmente também todos os seus bens materiais. Eu simplesmente sei." E então, de volta para mim: "Você vai ser um dos seguidores do reverendo Moon ou um daqueles que ficam andando lá no aeroporto com vestes cor de laranja? Isso é um culto religioso ou o quê?"

Isso foi em 1975, eu tinha dezenove anos e estava morando num quitinete na cidade de Nova York. Eu trabalhava numa butique de roupas em West Village, numa espécie de loja de roupas de grife – que ficava bem em frente à gravadora Electric Ladyland, onde centenas de músicos famosos e suas esposas e/ou tietes entravam e saíam o tempo todo. Foi então que, aos dezenove anos, eu comecei a praticar o budismo. Meus pais nunca cultivaram nem incentivaram qualquer tipo de fé ou religião; não éramos judeus praticantes, pelo menos não fomos por um longo período de tempo. Éramos "judeus ocasionais", o dia disso ou dia daquilo. Eu estava à procura de algo que me desse um sentido para a vida, algo em que acreditar, ter uma fé verdadeira. Um sentimento de pertencer a algo e um senso de comunidade. Eu encontrei isso através de uma amiga, que era budista praticante e me incentivou a participar de um encontro introdutório.

Eu disse para a minha mãe que havia ido a um encontro budista com Kyle e que tinha gostado muito, que era exatamente o que eu queria e estava precisando. Exatamente o que eu estava buscando. À sua maneira típica, ela me perguntou se eu não achava que ter um namorado pudesse satisfazer essa mesma busca. Eu disse que não, que não era a mesma coisa. Ela estava absoluta e totalmente convencida de que eu ia entregar toda a minha vida, para não mencionar minha conta bancária de apenas "dois dígitos", para aquela "gente completamente maluca". A conversa que tivemos a seguir foi uma daquelas típicas em que uma ficava negando o que a outra afirmava: ao que eu dizia não, ela afirmava com um sim. Eu disse a ela que aquilo não ia acontecer; ela disse que sim, que era isso mesmo que eu ia fazer. "*Grave bem o que estou dizendo: dentro de alguns meses, você vai ser uma moradora de rua, pedindo esmolas para comer, andando descalça, com roupas sujas e fedidas, o cabelo todo sujo, emaranhado e repelente. E se por acaso eu topar com você no aeroporto Kennedy balançando aqueles malditos chocalhos e usando aquelas malditas vestes cor de laranja, vou fingir que não vejo. E, por favor, não se dirija a mim, porque eu não vou te reconhecer.*"

Eu levei-a comigo a uma cerimônia budista. Eu queria que ela visse com seus próprios olhos e ouvisse com seus próprios ouvidos por que eu havia me apaixonado. As pessoas, os cantos, a comunidade. Eu queria compartilhar tudo isso com ela. Ela adorou. Cada minuto em que esteve ali. Quando me levava de carro de volta para casa, ela pegou minha mão e com os olhos arregalados, ela disse: "*Você encontrou o que a faz feliz. Mas, por favor, prometa-me que se eles começarem a pedir para você lhes dar dinheiro, ou suas roupas, eu quero que você, de maneira muito educada, os mande pro inferno.*" E então declarou: "*É precisamente por isso que seu pai e eu não pertencemos a nenhum templo.*"

Eu prometi o que ela estava pedindo.

"Prometa-me, mamãe, prometa que você não vai dar a ele todo o seu dinheiro."

"Por quê?"

"Bem, porque pra começo de conversa, você não tem quarenta e três milhões de dólares e, depois, porque esse sujeito aí da televisão não é Jesus. Ele apenas pretende ser igual a Jesus."

"Tudo bem."

"Tudo bem?"

"Sim. Tudo bem? Quanto dinheiro eu tenho?"

"Não muito."

"Quanto é não muito?"

"Menos do que muito."

"Tudo bem."

A GRITARIA RECOMEÇA. Dessa vez, de forma ininterrupta. Ela não para nem para inspirar nem para expirar. Ela não respira e, portanto, não é uma questão de prender a respiração. Ela fica simplesmente de boca aberta soltando aquela sequência ininterrupta de uivos. A cara dela fica totalmente congelada naquele berro ininterrupto. Eu procuro confortá-la, mas ela me empurra. Com um movimento brusco e violento. As duas auxiliares de enfermagem haviam me advertido quanto à força que minha mãe tinha. Ela sempre teve muita força física e o enfraquecimento de sua mente não está afetando-a. Ela tem uma força descomunal e me dá um empurrão que eu vou parar diretamente contra a parede. Ela quer mostrar quanto é forte, me desafiando.

"Não!"

Eu tento acalmá-la, dizendo: *Por favor, mamãe, está tudo bem, tudo bem.*

Não, ela contesta. Não está bem. Nada está bem.

Ela detesta que eu a veja nessa situação. Vejo isso na maneira com que ela olha para mim. Ela odeia que eu a veja nesse estado. Apesar de no momento ela parecer nem estar me reconhecendo.

Uma enfermeira entra apressada e, atrás dela, também a vizinha que quer saber quem está sendo assassinado e quem é o assassino? Eu digo a ela que ninguém está sendo assassinado. Ninguém. Ela diz que eu estou mentindo e quer que eu seja presa. "Em flagrante", ela diz. Eu peço à enfermeira que, por favor, tire a mulher imediatamente dali, que a leve para o seu quarto. Minha mãe continua soltando aquele berreiro ininterrupto. Então, a mulher, a vizinha, começa a cantar uma ária, ou pelo menos soa como uma ópera. E canta muito bem. *Aha! Entendi. Tudo fica claro para mim. Essa mulher deve ter sido cantora de ópera e minha mãe, sendo como e quem é, tem de competir com ela.* Então, ela diz a todo mundo que é uma cantora de ópera extremamente famosa, o que vai de encontro ao propósito pessoal de minha mãe – enfiar a ponta de um prego muito fino no balão de quem ousa competir com ela. Contando até três, erguemos minha mãe e a colocamos na cadeira de rodas, sob o olhar da vizinha ali parada, o que a deixa constrangida e humilhada. Eu abraço minha mãe e tento confortá-la, massageando suas costas e passando a mão em seus cabelos. Ela parece estar se acalmando e, com o fôlego já recuperado, ela diz que eu sou bonita. "Oh, você é tão bonita, linda, simplesmente linda". Ela não sabe quem eu sou. Não sabe que sou sua filha. Seguro sua mão e não sei por que digo o que digo. Talvez por achar que ela vá se sentir melhor ou especial, particularmente diante de sua vizinha intrometida e, é claro que me sentindo numa espécie de conluio com ela, eu pergunto se ela quer ir ver Jesus. Jesus, ela se entusiasma e exclama: De verdade? Oh, sim, sim, é claro que eu quero ver Jesus. Sim. Muito obrigada. Você é tão bonita, muito obrigada. A vizinha entra na conversa, dizendo que também quer ir ver Jesus. Eu digo que não vai dar, não dessa vez, que dessa vez ela não vai poder ir conosco ver Jesus. Então, minha mãe diz para a vizinha: "Ah é, agora você ir quer ver Jesus? Pois eu quero que você vá pro inferno, sua cadela!" A vizinha a chama de peixe fedorento e minha mãe devolve a ofensa, dizendo que peixe fedorento é quem está dizendo. Então, para impedir que essa troca de ofensas prossiga indefinidamente, eu peço à enfermeira que, por favor, leve a mulher embora dali, para que assim todas nós possamos ter um ou dois minutos de tranquilidade.

Nunca antes em minha vida eu havia desejado tanto ter um instante de tranquilidade. E olha que eu não sou alguém do tipo que busca acima de tudo a tranquilidade. Ken é. Ken adora a tranquilidade, a suavidade, o conforto e o bem-estar. Apesar de haver momentos – de grande intensidade – em que ele é caótico, totalmente caótico, como nas ocasiões em que temos de ir ao aeroporto tomar um avião, deixando tudo para fazer, inclusive as malas, no último minuto. Nisso não está incluída a dança maluca de "Onde estão os passaportes? E droga, que inferno, não consigo achar a minha carteira". Essa é uma dança que não faz absolutamente parte da rotina. A valsa da carteira extraviada. Da qual participa um coro completo. Isso me deixa maluca. Completa e totalmente maluca. Ele teve a semana inteira para juntar as malditas de suas coisas e agora, às nove e meia da manhã, ele está lavando as porcarias de suas roupas e não faz ideia de onde colocou sua carteira. *Desculpe, Ken, mas nós temos um voo marcado para a uma hora. Desculpe, Amy, mas eu não estou conseguindo encontrar os passaportes nem a minha carteira. Você sabe, Ken, que esse foi seu erro ontem à noite. Você tinha a noite inteira para fazer as malas e achar essas malditas coisas. A carteira estava comigo ainda esta manhã, Amy, e agora não consigo encontrá-la. Sabe o que, Ken, pois faça-me o maldito favor de viajar sozinho para Paris e, quando chegar lá, de me enviar um maldito cartão postal dizendo quanto gostaria e quanto lamenta eu não estar lá no Louvre com você.*

Tirando as trapalhadas que ele apronta nas horas de ir para o aeroporto, Ken é em geral muito calmo e tranquilo. Essa situação que eu estou vivendo com minha mãe o colocaria em estado de pânico.

E é nesse exato momento que toca o meu celular. É Ken. Ele ouve, como fundo musical, a gritaria de minha mãe e quer saber o que está acontecendo, que barulheira é aquela; e eu saio para o corredor para poder ouvi-lo e ele me ouvir, e explico que é minha mãe quem está gritando, que ela costuma fazer isso, que faz parte da doença e que ela tem medo, e ele diz: "Mas isso não parece vir de um ser humano". Eu digo a ele que ligo de volta mais tarde.

"Sua cadela!" A vizinha está chamando-a.

"Sua porca miserável!" Minha mãe grita de volta, mostrando-lhe a porta. "Não suporto ver sua cara. Vá embora daqui!"

A enfermeira me diz que, na realidade, as duas se gostam e que os xingamentos fazem parte da relação entre elas. Uma pequena peça do total do quebra-cabeça. E então, de repente, sem mais nem por que, minha mãe pergunta quantos bebês eu tenho. Eu digo que não tenho nenhum. Ah, não, ela diz, você tem um bebê. Eu digo que não, não tenho, ela diz que sim, eu tenho, e ficamos nesse bate-boca até que eu digo: "Não, mamãe, eu fiz um aborto."

Não, sim... não, sim.

Eu sei *intuitivamente* que isso não vai funcionar. Ela não consegue lembrar, acha que teve seis bebês e um deles com Jesus. Ela não vai lembrar que, na realidade, eu não tenho filhos e que fiz um aborto (vários abortos, para ser mais exata). Ela imagina, ou talvez até acredite, que teve muitos bebês. Ela acha que minha sobrinha e meu sobrinho são seus filhos. Não os vê como seus netos. Ela também andou contando pra todo mundo que teve um bebê, um menino lindo, e que um dia quando estavam no parque, muitos, muitos anos atrás, o menino foi roubado, arrancado dela e sequestrado. Ela conta isso a todo mundo que encontra. Das copeiras à cabeleireira e a qualquer estranho no elevador. E, obviamente, como essa é uma história terrivelmente triste, chama muita atenção. E quanto mais atenção ela atrai, mais a história vai sendo aumentada e enfeitada com o passar do tempo. A certa altura, o menino foi encontrado, trabalhando num circo ou num trem ou ainda no Applebee's, onde trabalhava como garçom. Oh, é claro, ela diz, que a polícia o encontrou, mas então, ao perceber que o final feliz vai fazer com que as pessoas deixem de sentir compaixão por ela, ela desvia totalmente o rumo da história. "Mas então ele foi morto no Applebee's."

Voltamos à vaca fria.

"Um aborto? Você fez um aborto?" A vizinha diz num tom tanto de curiosidade como de repulsa. "Você não é judia?" "Não", minha mãe responde num tom desafiador. "Ela não é judia." E voltando-se para mim, minha mãe pergunta. "O que você é?" "Sou budista", eu respondo. E minha mãe repete – ela é budista. E dirigindo-se para a vizinha: "Hora de dar o fora, Ethel; você não é mais bem-vinda aqui."

A vizinha (cujo verdadeiro nome não é Ethel, mas esse é o nome que minha mãe lhe deu) e a enfermeira saem do quarto. Eu puxo uma cadeira para o lado da espreguiçadeira e seguro a mão de minha mãe. Cubro-a com um cobertor. É o seu novo cobertor preferido. Eu estou exausta. Tudo isso é muito exaustivo.

"Aborto?" ela pergunta. "O que é isso?"
"É quando você não quer ter o bebê."
"Eu também não queria", ela diz.
"Você queria fazer um aborto?" eu pergunto.
"Oh, sim."
"O que aconteceu?"
"Eu tive você."

Não sei ao certo se ela está se referindo a mim ou a alguma gravidez imaginária, se essa conversa é dela mesma ou da demência. É muito difícil saber onde tudo acaba e começa. Mas há dez anos de diferença entre meu irmão e eu. E eu fico me perguntando se ela tentou engravidar ou se não queria engravidar ou se, naqueles dez anos, ela perdeu um bebê, se ocorreu um aborto espontâneo; e tenho uma sensação horrível, muito triste, um sentimento opressivo bem ali no centro do abdômen que me diz que talvez, cinquenta e quatro anos atrás, eu não fosse de fato querida, desejada ou aguardada. Eu era o resultado de uma decisão que ela havia tomado. Ou talvez de uma decisão não tomada. Ou de uma decisão que fora tomada por ela. Ou, quem sabe, eles jogaram uma moeda e, obviamente, meu pai venceu. Alguma coisa perpassa você quando você ouve que não era desejada e que existe a possibilidade de, se ela tivesse seguido sua própria vontade e feito o que queria fazer, você não estaria aqui. De maneira alguma. Minha amiga Amy me diria que isso se devia ao fato de eu estar tão determinada a vir ao mundo que nada que minha pudesse fazer ou tivesse feito impediria que eu viesse ao mundo. Eu gostaria de acreditar – num nível subconsciente e visceral – que alguma força tivesse atuado diretamente a meu favor naquele dia. É tudo muito confuso.

E DOLOROSO.

Eu tinha vinte e dois anos.
Estava grávida. E comuniquei o fato a meus pais.
Eu já havia feito um aborto quando tinha apenas dezessete anos. Naquela primeira vez, eu estava completamente sozinha, enquanto aguardava na sala de espera da clínica com outras cinco garotas que, provavelmente, não eram mais velhas do que eu. À espera que o médico pudesse interromper, como se dizia, também a gravidez indesejada de cada uma delas. Eu me sentia profundamente envergonhada e culpada. Eu estava sozinha, sentindo um enorme vazio e tristeza tanto antes como depois de ter interrompido uma vida, sem saber nem entender o suficiente a respeito de mim mesma, sem saber quem eu era no mundo. Qual era meu próprio valor. Eu não queria ter um bebê; seria um erro terrível. Todas aquelas mulheres jovens, meninas ainda, sentadas ali na sala de espera, uma lendo uma revista, outra perdida em seus próprios pensamentos, uma fazendo seu dever de casa, outra acompanhada de uma amiga, outra ainda acompanhada de seu namorado que segurava sua mão e a confortava. Eu entendi naquele momento que o problema não estava em fazer um aborto, mas em não ter autoestima suficiente para impedir que a gravidez ocorresse – *e eu estava sozinha*. Sentada ali completamente sozinha. E iria embora ainda mais sozinha, sentindo um vazio muito maior do que quando havia chegado.
Depois, eu comuniquei aos meus pais que estava grávida e que ia abortar e então, naquele momento de minha vida, eu não fiquei sozinha, tinha bons amigos, amigos de verdade, e meu pai e minha mãe foram incrivelmente atenciosos para comigo. Meu pai provi-

denciou para que eu fosse atendida pelo melhor médico possível, não numa clínica, mas internada no Hospital Flower Fifth, que é hoje o Hospital Beth Israel, e que depois do aborto eu passasse a noite no hospital. Depois que tudo fora dito e feito, minha mãe permaneceu comigo o tempo, ocupando uma cama a meu lado e não me deixando sozinha nem por um minuto.

Talvez, quem sabe, ela se via em mim.

Ela precisa dormir um pouco.
É hora de eu voltar para o hotel.
É tarde. Estamos ambas muito cansadas.
Deram a ela algumas pílulas e ela está dormitando. Dou-lhe um beijo de boa noite e ela pega uma das minhas mãos, beija meus dedos e diz:
"Boa noite, minha *carta*."
"Boa noite, meu envelope."

Eu estou extremamente necessitada tanto de ar puro como de Ken.
E de um copo de vinho.
NÃO NECESSARIAMENTE NESSA ORDEM.

Tomo um banho. Sirvo-me um copo de vinho, porque decidi que era melhor comprar uma garrafa na loja de bebidas alcoólicas, por ser muito mais barato do que comprar um copo, particularmente quando se está hospedada num hotel e, além do mais, por saber que não vou beber apenas um copo. Está tudo muito calmo, eu mergulho na banheira de espuma, bebericando o vinho, e coloco uma toalha enrolada no dorso da cabeça para descansar a nuca e, assim, quando me recosto na borda da banheira, o pescoço não dói. Eu quero relaxar. Fecho os olhos e tudo que consigo ver é minha mãe em sua espreguiçadeira, imobilizada, e sinto pavor e tristeza, e espero, digo em voz alta que realmente espero, do fundo de minha alma, que se um dia eu chegar a esse ponto, imobilizada e desmemoriada, com apenas algum flash ocasional de lembrança de alguém ou de algo, eu quero que alguém, de preferência alguém que realmente me ame, ponha um fim a esse tormento. E quero que isso seja feito de maneira rápida. Eu realmente acredito que as pessoas devam morrer com dignidade. E deveriam ter o direito de escolher como gostariam de morrer. E se me fosse dada a chance de escolher como eu gostaria de morrer, como se houvesse um reality show que poderia ser chamado *O Além*, e eu fosse escolhida para participar dele, e seus concorrentes pudessem escolher como querem morrer, eu escolheria morrer nos braços de meu marido, cercada por meus amigos e com Whitney Houston, antes de ter representado Bobby Brown, parada ao pé de minha cama cantando sua versão de "And I will Always Love You". Ken, obviamente, adicionaria "sexo maravilhoso" à receita, mas como sou eu quem decide como quero passar minha última noite na Terra, eu quero apenas a presença dele, de amigos e de Whitney e, também, talvez, se houver tempo, de assistir a um ótimo filme. E ele e eu brigaríamos por isso até eu morrer. Eu tenho certeza absoluta disso, sei que as últimas palavras que ouviria antes de fechar os olhos para o mundo seriam: "Mas eu acabei de tomar um [comprimido de] Cialis." E se, por acaso, eu acabasse não morrendo nessa noite, ele ainda teria umas trinta e seis horas para tentar me convencer.

Eu coloco mais água quente na banheira e começo a pensar no fato de meu irmão morar a vinte minutos de onde eu estou e nós não nos falarmos nem nos comunicarmos de qualquer outra maneira, apesar de eu estar ali, num hotel em Albuquerque, no Novo México, completamente sozinha, e quanto isso é profundamente lamentável. E então, eu percebo como deve ser triste para ele saber que sua única irmã está a apenas vinte minutos de distância e ele não pegar o telefone para perguntar: "*Como você está, como está mamãe, como ela reagiu quando viu você, ela soube quem você era, reconheceu você, como foi? Triste? Estranho? Você gostaria de vir aqui jantar ou beber algo?*" Ou simplesmente: "*O que você acha de dar uma passada aqui para a gente se ver ou simplesmente dar um alô?*"

Estou muito sensível e a coisa simplesmente transborda de mim.

Pensando em minha mãe, na morte, no além, no dia seguinte, na manhã seguinte, em meu querido marido, meus maravilhosos amigos e em meu pai. Eu penso em meu pai, que ficaria horrorizado, profundamente horrorizado, ao ver minha mãe passando um tempo excessivamente longo demais na espreguiçadeira.

Eu ligo para Ken e choro. Ele me consola.

Eu ligo para Amy e choro. Ela me consola.

Eu ligo para Peter e nós nos condoemos com as lamúrias um do outro.

Eu ligo para Marcia e ela me faz rir.

Eu ligo para Tina e Patricia e, como não encontro nenhuma delas em casa, deixo uma mensagem para ambas.

Em, seguida, eu ligo a televisão, para ver o noticiário. As últimas notícias. As últimas notícias nunca são boas. Ocorreu um acidente de avião na cidade de Nova York, um avião desceu e pousou no Rio Hudson. Pelo que parece, alguns pássaros – na verdade, um bando de gansos – voaram diretamente de encontro ao motor, fazendo-o parar e o avião desceu, mas parece que todos os passageiros e membros da tripulação sobreviveram; e o piloto, chamado Sully, é um sujeito extraordinário, incrível, na verdade, um santo, e o fato de o avião ter pousado no Rio Hudson é um milagre e...

... Eu vou voar de volta para casa amanhã.

Essa é a segunda notícia de acidente aéreo que ouço ou leio num período de duas semanas. O primeiro foi fatal. Ninguém sobreviveu.

"*Ocorrem três vezes, vêm sempre em número de três. Mortes, acidentes e más notícias. Três.*" Minha mãe sempre me lembrava disso quando alguém morria, ocorria um acidente ou uma queda de avião. Se era uma pessoa famosa que morria, duas outras morreriam na mesma semana; se havia uma batida de carro, ou um carro capotava, dois outros acidentes ocorreriam dentro do raio da mesma distância nas semanas seguintes, e se acontecia de um avião cair, dois outros acidentes aéreos certamente ocorreriam. Tinha de ser assim. Era a regra.

Uma lei.

Inviolável.

Eu tomo um comprimido de Zolpidem, apago as luzes e fico ali deitada no escuro. Não consigo dormir. Simplesmente não consigo. Muitas coisas ficam dando voltas em minha cabeça. Fragmentos de uma vida. De minha vida, da vida dela. De nossas vidas. Gostaria de poder fazer o tempo voltar atrás, mudar ou reverter alguns momentos, refazer alguns anos, amá-la mais, que ela pudesse me amar mais. Mas eu sei que tudo que acontece – absolutamente tudo – leva a gente para onde a gente precisa estar, exatamente para o lugar em que a gente está, eu sei disso. Eu sei que a minha vida, cada curva, cada falha, cada erro aparentemente grave, abominável ou terrível que eu cometi me levou ao lugar em que eu tinha de estar e que, portanto, não foi propriamente um erro. Cada fracasso, cada movimento errado, cada dor e sofrimento me trouxeram aqui onde estou. Exatamente onde estou. A este lugar. A este hotel. A este momento, em que estou totalmente acordada. E eu não me arrependo de nenhum deles. De absolutamente nenhuma partícula deles. Bem, talvez de uma ou duas coisinhas. Mas posso ver nos olhos dela, em sua expressão facial e em suas rugas, nas dobras de seu corpo, que ela tem *demasiados* arrependimentos, dores e desejos – para querer retroceder no tempo e refazê-los. São tantas as coisas que ela fez e não pode voltar atrás para mudar. Ela guardou-as dentro de si, enterrou-as e sempre, sempre se viu como um avestruz, com a cabeça enfiada na areia, detestando ouvir notícias ruins, era proibido dar más notícias. Ela odiava ouvir notícias tristes, tomar conhecimento de problemas ou sentir dor. Oh, por deus, como ela odiava o sofrimento. O sofrimento de todos e de cada um. Dor física, emocional ou de qualquer outro tipo. Era muito perturbador para ela. E trazia-lhe conflito – ela entrava em conflito, porque como suportar ver os próprios filhos, netos ou marido sofrendo e não desejar que de alguma maneira pudesse remover ou aliviar o sofrimento. Mas houve momentos, grandes e terríveis momentos, em que ela como "mãe/

mamãe/mãezinha" mostrou-se à altura da situação – mostrou-se realmente, em toda sua profundidade e veracidade, à altura da situação. E tenho certeza de que, com isso, surpreendeu a si mesma.

Ela guardou todos seus pesares, vergonhas, culpas e dores para si mesma. Enterrou tudo nas profundezas de si mesma. Ela confundia dar, compartilhar e demonstrar o que sentia, com fraqueza e receber atenção, que é diferente de alguém tomar conta, com piedade. Ela não fazia ideia de que esses sentimentos enterrados, mantidos ocultos, viriam à tona um dia. Ela não sabia que um dia expressaria – em sua face, em seus olhos – tudo que havia enterrado.

"Eu jamais serei um fardo para alguém", ela disse. "Nunca!" Isso foi logo após a morte de meu pai. "Jamais serei um fardo e não preciso de ninguém para tomar conta de mim. Eu posso cuidar de mim mesma. E agora vou te dizer mais uma coisa: eu nunca vou ser uma daquelas velhinhas carentes, que dependem dos filhos e dos amigos. Nunca. Isso eu posso garantir. Que nunca serei um peso para ninguém."

Ela nunca – nem uma única vez – falou, nem sequer mencionou ou pronunciou seu nome em voz alta. Nunca jamais ela falou de sua dor, do sofrimento ou desconforto, dos medos ou temores ou quaisquer outros sentimentos e, que deus me perdoe, de desequilíbrios hormonais. Ela nem sabia o que a estava deixando tão infeliz, tão frágil, tão impaciente, tão nervosa, tão triste e tão instável. Ela nem sabia que havia um nome para isso e que todas as mulheres de nossa rua, de nosso quarteirão e de todo o bairro estavam provavelmente passando por uma situação semelhante, igualmente incômoda e assustadora. Uma espécie de epidemia. A vizinha maluca que jogou todas as roupas do marido pela janela enquanto ele estava no trabalho, a outra mulher que morava no outro lado da rua e que um dia, de maneira totalmente inesperada, teve de se *afastar* por um mês, e aquela outra vizinha – conhecida da família – que preparou e serviu o café da manhã para seu marido e dois filhos, deu-lhes um beijo de despedida, entrou em seu Chevrolet Caprice novinho em folha e ainda quente por ter acabado de sair da fábrica, que estava trancado na garagem para dois carros, deitou-se no banco de trás para deixar que o monóxido de carbono acabasse com sua vida. Ela foi encontrada morta pelo marido. E ninguém falava sobre isso. Absolutamente ninguém. Havia sinais de alarme – depressão, tristeza, alheamento, vazio, desejo de ficar sozinha, ingestão de pílulas e bebidas alcoólicas, choro, raiva e oscilações de humor.

Minha mãe costumava ficar sentada na beirada de sua cama, vestida apenas de calcinha e sutiã, fumando sem parar, acendendo um cigarro no outro. E ali ela simplesmente se deixava ficar, assistindo televisão e chorando. E chorando. E chorando. Toda santa manhã era a mesma coisa. Ela deixava entreaberta a porta do quarto e, quando eu passava por ali, a via sentada chorando, com um cigarro numa mão e o controle remoto na outra. Meus dias preferidos, aqueles de que eu mais gostava, que eu adorava, eram aqueles em que eu tinha permissão para não ir à escola e ficar em casa porque estava nevando ou simplesmente porque ela dizia que eu podia ficar em casa, aqueles eram os meus dias preferidos, porque eu ficava sentada ao seu lado na beirada da cama, com as pernas balançando, e dizia a ela: "Tudo bem, mamãe, está tudo bem."

Tenho onze anos de idade.
Estou com sarampo.

A médica (sim, eu era tratada por uma pediatra mulher) disse para minha mãe que aquele era o pior tipo de sarampo que ela já havia visto. Uma criança da escola havia sido contagiada com sarampo e passou-o para mim. Começou pela cabeça e dali foi se espalhando para todas as partes do meu corpo – não ficou nenhuma parte sem ser afetada: vagina, orelhas, cabeça, rosto e garganta. Sinto uma coceira terrível por todo o corpo. E uma dor excruciante me aflige ao fazer xixi. Arde como se fosse uma queimadura. Minha mãe é instruída sobre a necessidade de me aplicar compressas frias de tantas em tantas horas, de passar unguento nas bolhas e de me dar medicamentos via oral, sem esquecer de me manter hidratada. Tenho quarenta graus de febre. Não lembro se cheguei a tomar alguma injeção, mas devo ter tomado. A médica informa a minha mãe que: (a) a minha infecção é altamente contagiosa; e (b) que eu preciso ser mantida em isolamento por pelo menos quatro dias. Minha mãe comunica a meu pai que ele terá de se transferir para o meu quarto, ou para o quarto de hóspedes, que um dia fora de meu irmão, mas como ele não mora mais em casa, é agora o quarto de hóspedes, ou se preferir, para o quarto de tralhas e também da televisão, porque eu vou ficar no quarto com ela para que ela possa tomar conta de mim o tempo todo. A febre continua subindo, as compressas frias não estão ajudando e ela prepara para mim canja de galinha com macarrão (para ser mais exata, compra a canja de galinha pronta da marca Campbell) e as fatias de pão que eu mais adoro – com creme de amendoim e geléia sobre fatias de pão branco e salada de atum sobre torradas de centeio. E picles, eu adoro picles. Ela fica na cama comigo e juntas assistimos a programas de televisão, enquanto ela trata de manter minha temperatura baixa com compressas frias. Ela está preocupada e liga para a tia Gert, que diz para ela me dar uma aspirina infantil, apesar de a médica não tê-la prescrito, porque às vezes uma aspirina infantil consegue fazer a febre baixar. A febre começa a ceder, as compressas começam a fazer baixar a minha temperatura e o unguento começa a surtir efeito – a coceira começa a diminuir, de forma lenta mas segura. Ela não sai para jogar boliche, não encontra seus amigos nem vai ao jantar para o qual ela e meu pai foram convidados. Ela deixa de ir ao Brooklin visitar suas irmãs ou seu irmão e até mesmo sua mãe e seu pai, os meus avós. Ela fica o tempo todo comigo.

 Estamos assistindo ao programa de *Carol Burnett*, ela do seu lado da cama e eu do lado que costuma ser de papai. Como uma das convidadas do programa era uma mulher grávida, minha mãe decide prontamente que aquela era a hora certa para eu saber a verdade a respeito de onde vêm os bebês.

O homem é um jardineiro, ela explica, e a mulher é um terreno cultivável; às vezes, o homem vai para o campo e decide cultivar um jardim. Então, ele se deita sobre a terra, rola de um lado para outro, dá risada, se diverte e começa a espalhar algumas sementes e quando você se dá conta, nove meses depois, aparece uma flor e depois, da flor, nasce um bebê.

Eu digo a ela que não é assim que nascem os bebês. Que eu já havia aprendido na escola, numa aula de educação sexual, quando passaram um filme sobre como usar e prender os absorventes higiênicos femininos Kotex e tudo mais sobre menstruação. Eu digo a ela que o homem e a mulher fazem sexo, que consiste em ele introduzir seu pênis na vagina dela, e que disso resulta a coisa toda envolvendo espermatozóides e óvulos e que um dos espermatozóides se fixa num óvulo, deixando a mulher grávida e da barriga dela, depois, nasce o bebê.

E pensando bem, eu acabei me casando com um jardineiro.
Eu me levanto para ir ao banheiro fazer xixi.
No meio da noite.
E quando eu passo diante do armário com espelho, me vejo – o meu reflexo – no espelho de corpo inteiro.

E eis o que eu vejo nele:

Um corpo que não é mais magro e esbelto, nem ereto nem estreito.
Um corpo frágil, pequeno e extremamente cansado.

Cabelo curto, grosso e ondulado, com muitos fios cinzentos.
Cabelo fino e liso, agora completamente grisalho.

Mãos que doem ao acordar e sofrem de artrite nos meses de inverno.
Mãos que doem ao acordar e sofrem de artrite e são retorcidas o ano inteiro.

Joelhos que não se dobram mais facilmente quando me ajoelho para orar.
Joelhos que não conseguem mais se dobrar.

Uma barriga que está um pouco mais arredondada.
Uma barriga que se encolheu totalmente.

Uma cintura cuja largura não tem mais sessenta centímetros.
Uma cintura que deixou completamente de existir.

Um rosto repleto de linhas suaves, algumas resultantes de risadas e muita alegria e outras de muito pesar e muita tristeza.
Um rosto repleto de linhas profundas, algumas resultantes de infelicidade, medo e muito desgosto, e outras de muita alegria e muitas risadas.

Olhos que brilham – um brilho intenso e profundo; olhos com luzes dançantes e saltitantes.
Olhos que deixaram de brilhar, que se mostram muitas vezes vazios e inexpressivos.

Uma boca que dá gargalhadas entusiasmadas, que solta gritos e dispara imprecações capazes de rebentar as vísceras ou derreter o coração.
Uma boca que não consegue mais formar as frases ou dizer as palavras que deseja. Que realmente deseja.

E EU POSSO VER MEU CORAÇÃO E POSSO VER O CORAÇÃO DELA.

E na verdade, na mais pura verdade, o coração é realmente um só e o mesmo, exatamente o mesmo coração. Repleto de lembranças, muitas e muitas lembranças. De minha maravilhosa e imperfeita vida vivida em sua plenitude máxima. Da maravilhosa e imperfeita vida dela vivida em sua plenitude máxima.

E quando eu olho para o meu reflexo no espelho, para o meu corpo nu ali parado diante do espelho, eu vejo uma mulher forte, independente, criativa, intensa, decidida, impulsiva, alegre, jovial, engraçada, voluntariosa, poderosa, penetrante, apaixonada, talentosa, bem casada *e sem filhos*. E nesse momento, eu percebo, percebo profundamente e com todas as fibras do meu ser que eu sou na realidade – que eu me tornei – exatamente a mulher que minha sempre quis e desejou ser.

Ela está em sua espreguiçadeira.

É de manhã cedo.

Ela está tomando seu desjejum. "Caca", ela diz e cospe fora.

Eu estou ali para passar algumas horas antes de tomar meu voo de volta para casa. A enfermeira me diz que ela passou bem a noite, que dormiu bem e parece estar mais sossegada. Às vezes, ela fica simplesmente tão agitada que tenta se arrastar para fora da cama e elas têm, então, de cercá-la de pilhas de almofadas para impedir que ela role para o chão.

Ela olha para mim.
Com curiosidade.

ELA NÃO CONSEGUE ME SITUAR.

Mas continua me olhando, não tira os olhos de mim, até enfim dizer que quer ver televisão. Com o controle remoto eu vou percorrendo os canais: paro no canal de desenhos animados, ela balança a cabeça, não, nada de desenhos; o noticiário, de novo ela balança a cabeça, nada de notícias; um antigo filme em preto e branco, ela tampouco quer saber de filmes antigos em preto e branco; eu continuo saltando de um canal a outro até que, de repente, numa imagem perfeita que ocupa toda a tela, aparece George Clooney no filme *Onze Homens e Um Segredo*, que está sendo exibido num canal a cabo. Minha mãe não consegue conter seu entusiasmo.

Estou sentada numa cadeira ao lado dela e ela me dá primeiro um cutucão e depois um beliscão no meu braço e me diz com a mais absoluta certeza, num tom de voz carregado de excitação, como se fosse a coisa mais natural e perfeitamente possível do mundo:

"*Eu seria capaz de transar com ele.*"

"Eu seria capaz de me casar com ele", eu respondo com o mesmo entusiasmo. "Eu seria capaz de me casar com George Clooney."

E imediatamente, sem qualquer hesitação, ela diz:

"*Oh, Amy, você sempre foi tão sonhadora.*"

Lindos sonhos, mamãe.

Agradecimentos

MEU MUITO OBRIGADO A...
Frances Gould-Naftal
Robyn Hatcher
Patricia Elam
Jeffrey Seeds
Carla Singer
Barbara DeVries Gordon
Josephine (Josie) Schoel
Shari Levine
Marcia G. Yerman
por lerem, relerem, lerem mais uma vez, me amarem e amarem este livro.

A Peter Werner, por ser o melhor de todos os amigos homens que uma mulher pode desejar ter. A Amy Parker Litzenberger, por ser a melhor amiga mulher que uma mulher pode desejar ter e por ser uma verdadeira companheira de jornada espiritual.

A KEN, POR ME AMAR APAIXONADAMENTE – ME SINTO TÃO ABENÇOADA POR TER VOCÊ COMO MEU MARIDO.

A CAROL KIMMELMAN-GOULD,
por ser a mulher que eu sempre desejei ser quando crescesse. Porque...

Eu tenho muitas amigas mulheres. De verdade. As amizades são vitais. Profundamente vitais. Elas realmente nos dão estímulo para seguir em frente. Não tenho palavras para dizer quanto me sinto privilegiada por ter tantas amizades femininas em minha vida. Eu as estimo com todo meu coração.

Sem qualquer ordem específica, eu gostaria de agradecer às seguintes pessoas:

Terri Johnson
Maryanne Ruby
Carolyn Howard Johnson
Michael Trenner
Karen Kontizas
Tina Smith
Claire O. Moed
Marianne Moloney
Holly Stein
Kedren Werner
Roberta Friedman
Beth Fraikorn
Rozanna Weinberger
Jeri Love
Maleyne Syracuse
Martha Lorin
Donna Hamilton
Juli Leventen
Caroline Case
Jean Work
Nancy Isola
Julie Ann Larsen

Conheça outros títulos da editora em:
www.pensamento-cultrix.com.br